Scheiße! ... im wahrsten Sinne des Wortes. Ich stürzte schon wieder hoch und rannte in gebückter Haltung zum Klo. Mit schmerzverzerrtem Gesicht starrte ich die Musterung der Fliese zwischen meinen Füßen an. Uff... langsam ließen die Krämpfe, die inzwischen schon zum vierten Mal in dieser Nacht die Durchfallattacken einläuteten, nach. Frustriert stierte ich weiterhin die Fliesen an und fragte mich, wie so ein schattenartiges Muster einer Fliese wohl hergestellt wird?! Es steht doch nicht allen Ernstes irgend so eine arme Sau irgendwo am Fließband und kreiert unterschiedliche Schattierung von hellgrau über mittelgrau zu aschgrau bis grauverdreckt und wieder zurück? Welch wirrer Gedankengang; nun ja, ich sollte ihn wohl besser für mich behalten, ansonsten dürfte er mir mal wieder ein paar merkwürdige Blicke einhandeln. Schwer gebeutelt erhob ich mich von der Kloschüssel und warf sogleich einen erwartungsvollen Blick in den Badezimmerspiegel auf meinen nackten Bauch. Na bitte, wer sagt's denn... irgendwas Positives mußte diese schlaflose Nacht ja haben. Oh ja.... ich war mir ganz sicher... mein Bauch war schon wieder ein bißchen flacher geworden. Voller neu gewonnenem Elan stieg ich auf die Waage. Hurraaahhhhh... 0,2 kg weniger. Wenn das nichts ist, weiß ich's auch nicht. Voller Zuversicht, daß das sicherlich die letzte Krampfattacke war, schlich ich mich zurück in mein kuscheliges Bett, dümpelte langsam wieder in die selige Welt des Schlafes und malte mir aus, wie ich ab morgen, angetrieben durch den unheimlichen Gewichtsverlust der letzten Nacht, ein völlig neues Ich im Spiegel entdecken würde. Strahlend schön würde ich mich zur Arbeit aufmachen, schon um einiges schlanker, und mir gleich morgens in der Firma einen vorbildlichen Obstsalat zubereiten. Total relaxt als super Powerfrau würde ich ab dann jegliche Streßsituation bewältigen, nichts würde mich aus der Ruhe bringen, jegliche Schwierigkeiten würde ich

1

spielend bewältigen, die Kollegen würden schier an meinen allwissenden und schönen, perfekt geschminkten Lippen hängen und mir vertrauensvoll sämtliche schweren Fälle in die tadellos manikürten Hände geben....... Ahhhh....... schnell stürzte ich krampfgeschüttelt Richtung Scheißhaus.

Nachdem ich höchstens zwei Stunden im Dämmerzustand verbracht hatte war ich verständlicherweise nicht wirklich begeistert, als der Wecker um 6.00 Uhr morgens schrillte. Ob ich tatsächlich aufgestanden wäre, kann ich nicht sagen, mir blieb nur leider nichts anderes übrig, da wichtige und dringende Geschäfte schon wieder meine Anwesenheit im Kachelpalast verlangten. Beim Blick in den Spiegel suchte ich vergeblich nach meinem neuen total relaxten Ich. Ach könnte ich mich doch wieder unter meine Bettdecke kuscheln und meinen Traum von der wundervollen Powerfrau weiter träumen. Mist. Stattdessen stierte mich ein aschfahles Gesicht mit dicken Augenrändern und einem gar nicht super-Powerfrau-mäßigen Pickel auf dem Kinn an. Meine Haare könnten auch mal wieder ein bißchen Farbe vertragen. Das Straßenköterblond besiegte langsam aber sicher mal wieder die wundervollen chemischen Strähnchen. Hah... aber da fiel mir ein, wie ich mich spontan aufheitern könnte. Ich entledigte mich des „100 Jahre FSV-T-Shirts" (wo hatte ich das bloß her?) und stellte mich zuversichtlich auf die Waage. Hurraahhhh......... ich wußte es. 0,5 kg weniger. Total angespornt von diesem Wahnsinnserfolg hüpfte ich unter die Dusche und machte mich „bürofertig." Ich haßte diese Frauen, die morgens - wie in Butter-, Margarine- oder Marmeladenwerbungen - mit einem entzückendem Gähner aufwachten und aussahen wie Cindy Crawford nach 2-stündigem Besuch beim Visagisten, sich ein wenig kaltes Wasser ins Gesicht spritzten, mit dem Kamm durch die Haare fuhren, in Jeans, T-Shirt und Schlappen schlüpften und mit einem Biojoghurt, Äpfeln und Zahnpastalächeln bewaffnet ins Büro gingen (selbstverständlich hinterließen sie auf dem Weg dahin eine staunende Menge von Bewunderern). Ich dagegen fuhr tagtäglich das volle Programm auf. Nachdem ich meine Haut mit den neuesten Waschlotionen und Peelings von allem überflüssigen Müll befreit habe, kleistere ich es mit nährstoffhaltigen Feuchtigkeitscremes wieder zu und erhoffe mir dadurch den Strahlemannlook von dem Kind auf der Zwiebackpackung. Während ich dann meine Fisselhaare mit Rundbürsten in Form zu bringen versuche, packte ich das minimal nötige Make-up-Equipment aus meinem Kosmetikkoffer. Jede Parfümeriefachverkäuferin würde bei diesem Anblick in Freudentränen ausbrechen. Mit Tönungscreme, Abdeckstift, mehrere Schattierungen Lidschatten (das erinnert mich jetzt an den Gedankengang über die Herstellung der Badezimmer-Fliesen, ist ja eigentlich das gleiche wie Augenschminke!), Highlighter, Eyliner, Kajal, Wimpertusche, Rouge, Lipliner und Lippenstift versuchte ich mit allen Kräfte so auszusehen, wie die blöden Kühe aus den schon erwähnten Werbungen. Nun ja, eine gute Stunde später sah ich zwar nicht so aus wie jemand, der durch Hamburgs Nobelstrassen flaniert und dabei von irgendwelchen Filmproduzenten als neues Bond-Girl vom Fleck weg engagiert wird, aber im Vergleich zu vor einer Stunde war das Ergebnis absolut passabel, um nicht zu sagen phänomenal. Die prozentuale Steigerung der Optik hätte jeden Mathematiker immens beglückt. Und apropo beglücken: mein Magen-Darm-Virus schien den Kampf gegen meine körpereigene Abwehr verloren zu haben, na bitte, wer sagt's denn, so langsam kommt zumindest auf diesem Gebiet die Powerfrau zum Vorschein.

Ich stiefelte also mit meinen neuen, 7 cm hohen Sandalen, die ich überglücklich gestern in der Mittagspause erworben hatte, Richtung Firma. Dabei vermied ich es tunlichst ständig voller Stolz auf meine Füße mit den neuen Schuhen zu gucken, da sonst ja jeder merken würde, daß sie neu waren. Und wenn ich eins hasse, ist es die Frage „Sind die neu?" Das würde man natürlich nie zugeben. Auf solche verhaßten Fragen antworte ich also stets mit, „ach, die alten Dinger, hab ich schon letztes Jahr im Schrank gehabt, nur so selten an" oder „ach Gott, die alten Bürolatschen? Bist Du des Wahsinns, uralt sind die", so was in der Art halt.

Gegen 10.00 Uhr kam ich dann irgendwann in aller Seelenruhe im Büro angeklappert (schnell kann man auf 7 cm auch wirklich nicht gehen), schmiß die Bäckertüte mit Franzbrötchen und Schokocrossaint (ach Scheiße, ich wollte mir doch Obstsalat machen... vergessen) auf den Schreibtisch und stöckelte in die Küche um mir einen Kaffee zu holen. Mit meinem neuen Ich kann ich ja eigentlich auch morgen anfangen, heute brauche ich erst mal was Schönes um mich von den Strapazen der Nacht zu erholen. Jawohl, das hab ich mir wirklich verdient. Noch so in Gedanken vertieft ballerte ich volles Rohr mit meinem Chef zusammen, der wie immer in Speedy-Gonzales-artiger Geschwindigkeit über den Flur peeste. Durch den überraschenden Zusammenstoß geriet ich arg ins Wanken und hatte immense Schwierigkeiten, auf meinen hochhackigen Sandalen das Gleichgewicht wiederzufinden. Während ich also wild mit den Armen ruderte, unschön hin- und hertaumelte und hoffte, das meine Knie diese Schwankungen ohne Schaden überstanden, fratzte mein Chef mich schon an: "Frau Freitag, es ist fast halb elf, aber schön, daß Sie es auch noch einrichten konnten. Oben sind die Herren Drossel und Fink mit Frauen jetzt eingetrudelt und es ist mal wieder nichts eingedeckt! Und was ist mit dem Vertragsentwurf? Haben Sie die Änderungen schon eingearbeitet? Das will ich doch jetzt mit den Herrschaften durchsprechen (dabei stapfte er leicht mit dem Fuß). Also das muß jetzt wirklich mal vorgezogen werden (wieder gestapft), aber zuerst bringen Sie den Herrschaften mal Kaffee!" Sprachs und wetzte auch schon weiter. Wie ich das hasse! Da kommt man frühmorgens ins Büro und kann noch nicht mal selber ein Käffchen trinken, sondern kriegt gleich wieder die Chefallüren um die Ohren geballert. Zum kotzen. Vollkommen gefrustet dachte ich wehmütig an das Franzbrötchen und den Schokocrossaint, die noch in der Tüte auf meinem Schreibtisch rumlagen (noch warm, aber gleich nicht mehr!) und stakste die Treppen zu den Besprechungsräumen hoch. Dort in der Küche machte ich mich also daran, Kaffee für die „Herrschaften" vorzubereiten. Das Gute am Eindecken war, daß es in der Anwaltskanzlei, in der ich als Sekretärin arbeitete, auch Kekse für die Mandanten gab. Und Kekse für die Mandanten bedeutete auch Kekse für mich. Während ich also den Teewagen mit sämtlichen Kaffeeutensilien volllud stopfte ich mir auf die schnelle noch selbst einige Schokokekse rein (hatte schließlich noch nichts gefrühstückt) und fühlte mich gleich wieder besänftigt. Noch kauend schubberte ich also mit dem Teewagen Richtung Besprechungszimmer und donnerte mit lautem Getöse über jegliche Unebenheiten im Teppich, daß die Kaffeetassen nur so hüpften und fröhlich schepperten. Aus den angrenzenden Anwaltszimmern wurden mir durch offenstehende Türen mißbilligende Blicke zugeworfen. Kratzte mich nicht die Bohne. Schließlich war ich nur voller Eifer dabei meinem Brotgeber anweisungsgemäß ganz schnell das Käffchen zu bringen um dann („das müssen wir dann mal vorziehen, Frau Freitag") noch viel schneller die

Vertragsänderungen fertigzumachen. Ich nahm also die letzte Kurve mit besonders viel Elan (soweit das die Sandalen zuließen), um dann mit schreckgeweiteten Augen der sich aus dem Stapel lösenden Kaffeetasse hinterherzublicken, die sich mit geschoßartiger Geschwindigkeit von meinem Teewagen entfernte und laut scheppernd im Zentralbereich der Kanzlei zwischen den wartenden Mandanten auf dem Fußboden in tausend Stücke zerbrach. Mit hochrotem Kopf, Entschuldigungsfloskeln murmelnd, wuselte ich auf allen Vieren auf dem Fußboden rum und sammelte die Scherben ein, als mein Chef um die Ecke peste, die Hand schon zur Begrüßung der Mandanten entgegengestreckt, und beim Anblick meines Hinterteils im Scherbenhaufen abrupt zum Stehen kam. So elegant wie möglich und mit aller mir noch zur Verfügung stehenden Restwürde erhob ich mich, schubberte mit dem Rest auf dem Teewagen voran in den Besprechungsraum, deckte mit zitternden Händen scheppern ein und machte mich flugs von dannen um noch schnell eine neue Tasse zu organisieren.

Mit den Nerven am Ende stakste ich zurück in mein Büro, schmiß mich auf meinen quietschenden Drehstuhl und donnerte erst mal völlig deprimiert mit meinem Kopf auf den Tisch und schloß die Augen. Als ich sie wieder öffnete wurde mir bewußt, daß ich mein Haupt soeben auf den Originalvertrag der Herren Drossel und Fink gebettet hatte. Und das wollte doch der Chef jetzt schnell überarbeitet haben... oh man... die erste Streßattacke noch nicht abgeflaut überkam mich schon die nächste. Ich schoß wieder in die Höhe und registrierte, daß ich einen kaffeetassengrossen Make-up-Fleck (Nr. 05, natural beige) auf dem guten Stück hinterlassen hatte. Mir brach beim Anblick der Schweiß aus. Just in diesem Moment meldete sich eine erneute Durchfallattacke mit arger Dringlichkeit an (ob's die Kekse waren?), während mein Telefon wild zu klingeln begann und das Display mir sagte „Besprechungsraum 02." Oh Gott. Mit zusammengekniffenen Pobacken nahm ich tattrig den Hörer ab und hatte nicht mal Zeit, mich ordnungsgemäß mit meinem Namen zu melden, als ich meinen Chef schon in den Hörer bölken hörte: „Frau Freitag! Was ist mit den Vertragsänderungen? Und bringen Sie bitte das Original mit hoch, das habe ich auf Ihren Schreibtisch gelegt, bitte nicht lochen oder drin rum kritzeln, das wollen die Herren Drossel und Fink so wieder mitnehmen. Das muß jetzt wirklich mal vorgezogen werden!" Sprachs und legte auf. Nee... wenn jetzt hier was mal wirklich vorgezogen werden mußte, dann war das mein Gang zur Toilette. Mit dem verzweifelten Gedanken, ich hätte mich heute morgen doch bloß für meine bequemen Chucks entscheiden sollen, stakste ich so schnell es ging auf meinen inzwischen schon arg schmerzenden Füßen zur Toilette und schaffte es gerade noch, bevor die eiligst reingestopften Schokokekse ihr Recht auf Freiheit zurückerkämpften. Wo ich gerade so schön saß, nutzte ich die Gelegenheit und befreite meine Füße kurzfristig von den Sandalen und konnte dann einen haargenauen Abdruck des entzückenden Riemchengeflechts der Schuhe in rot-fleischfarben auf meinen Füßen bewundern. Doch für Trübsalblasen hatten ich nicht wirklich Zeit, in krampfhaften Überlegungen, wie ich nur den Originalvertrag von dem galaktischen Make-up Fleck befreien könnte, quetsche ich meine inzwischen zu mindestens Größe 44 geschwollenen Füße wieder in die Sandalen (welche offensichtlich leider nicht mitgewachsen waren), warf noch einen schnellen (ach Du Scheiße) Blick in den Spiegel und stakste tapfer zurück in mein Büro. Ich fluchte leise vor mich hin, schaltete den Computer an und suchte verzweifelt nach der Dokumentennummer des dämlichen Vertrages.

Während der Computer fleißig meine Suchbegriffe bearbeitete, versuchte ich den Tränen nahe mit sämtlichen Küchentüchern den Make-up Fleck auf dem Original wegzukriegen. Meine hektische Wischerei hatte leider nur zur Folge, daß sich der ursprünglich kaffetassengrosse Fleck inzwischen nahezu über die gesamte erste Seite verteilte (Jumbotasse, mindestens). Mir brach schon wieder der Schweiß aus. Gleichzeitig verriet mir ein Quieken des Computers, daß er nix finden konnte, während (oh Graus) mein Chef durch meine Bürotür gefegt kam und quietschend und abrupt vor mir zum Stehen kam. Zu allem Überfluß bimmelte in diesem Moment wieder das Telefon, und wie nach einem Rettungsring greifend und um Zeit zu schinden griff ich nach dem Hörer. Doch leider konnte ich nicht durch fachmännisch perfekte und freundliche Art die Fragen der Mandanten beantworten und meinem Chef so zeigen, daß ich die letzten 15 Minuten schwerbeschäftigt Arbeit von ihm abgehalten habe und mich als fachlich kompetente rechte Hand des Chefs beweisen. Dummerweise muß ich mit meinen fahrigen Bewegungen irgendwie die Lautsprechertaste erwischt haben, so dass für alle hörbar die fröhliche Stimme meiner Freundin aus dem Hörer tönte: „Paula, wo steckst Du denn die ganze Zeit, ich ruf' schon seit 'ner halben Stunde an, aber nie bist Du am Platz. Ich muß Dir doch dringend von gestern abend erzählen als..." „Ich ruf Dich zurück." Rums knallte ich den Hörer auf und fragte mich, wie Rumpelstielzchen es nur geschafft hat, im Erdboden zu versinken und ob ich es eventuell auch schaffen könnte, oder ob die Möglichkeit besteht, daß in den nächsten 10 Sekunden ein Ufo über unser Büro fliegen und meinen Chef hochbeamen könnte, um medizinische Forschungen an ihm vorzunehmen. Aber weder das eine noch das andere passierte, sondern mein Chef griff bloß schnaubend nach dem verschmierten Original, stierte erst selbiges dann mich verständnislos an und wetzte kopfschüttelnd mit den Worten „in einer Minute haben wir die Änderungen oben" aus dem Raum.

Scheiße, scheiße, scheiße.... mein Computer erzählte mir inzwischen irgendwas von „Error" und „Fehlermeldung XYZ" als erneut die Bürotür aufflog und ich eine meiner Kolleginnen mit Fotos ihrer letzten orgienhaften Party auf mich zukommen sah. „Moin moin, ich muß Dir unbedingt die Fotos von letzter Woche zeigen", gleich hinter ihr stürmte unsere Buchhaltungstante durch die Tür: „Frau Freitag, was haben Sie denn hier bei dieser Reisekostenrechnung gemacht, das sind doch keine EUR, sondern Dollar ist doch logisch, also das ist totaler Mist, das muß geändert werden", auch das Telefon plärrte erneut und zeigte mir auf dem Display die Nummer meiner Mutter, die sich sicherlich beschweren wollte, wieso ich mich die ganze Woche über noch nicht gemeldet hatte, schließlich war schon Donnerstag, und zur Krönung erschall durch die Freiprechanlage die quäkende Stimme unserer Zentralnudel: „Frau Freitag, bitte in der Zentrale melden." Ahh.... in totaler Hektik schmiß ich alle raus, versprach, mich in Kürze zu melden, beschwor den Computer, endlich wieder mit mir zu kommunizieren und siehe da – ein Licht im Dunkel – er spuckte mir tatsächlich den gewünschten Vertrag aus. Mit tattrigen Fingern nahm ich die gewünschten Änderungen vor, wackelte auf meinen Absätzen mit tapfer aufgesetztem Lächeln in den Besprechungsraum und lieferte artig das verwunschene Ding bei meinem mißtrauisch guckenden Chef ab.

Ich war selten so froh wie an diesem Tag, als ich endlich auf meinen schmerzenden Füßen nach Hause wanken konnte. Vorsichtig setzte ich einen Fuß vor den anderen in der Hoffnung, daß mich bloß niemand anrempeln würde, weil mich die kleinste Erschütterung, dessen war ich mir bewußt, sofort zu Fall bringen würde und ich bezweifelte stark, daß ich jemals wieder aufstehen könnte. Ohne nennenswerte Zwischenfälle – von den merkwürdigen Blicken der mich überholenden Passanten mal abgesehen – kam ich glücklich – home sweet home – zuhause an und schlüpfte erleichtert in meine Hausschlappen. Welch Wonne. Nach diesen Strapazen den ganzen Tag über kann man nun wirklich nicht verlangen, daß ich mein gestern Nacht entwickeltes neues Ich – inklusive der gesunden und kalorienarmen Ernährung – schon heute in die Tat umsetze. Mit dem festen Vorsatz, morgen ganz bestimmt einen kalorienarmen- wenn nicht sogar Fastentag einzulegen, kippte ich mir erstmal großzügig ein Glas Chianti ein und klatschte noch großzügiger den Parmesan in die Nudelsauce. Nach dem Motte „es darf ein bisserl mehr sein" freute ich mich gar königlich darauf mich in Jogginghosen und Schlabbershirt nudelessender- und weinschlürfenderweise auf der Couch 'rumzufläzen und irgendwelche Schmonzetten auf Video zu gucken. Hach..... das hab ich mir verdient.

Ich schaufelte mir gerade freudig die Kalorien rein, und schwelgte im Heile-Welt-Schmalz der Doris-Day Filmreihe als mitten in dem Moment wo Doris „Que sera" trällerte das Telefon schellte. Kauenderweise nahm ich den Hörer ab und hörte gleich die leicht vorwurfsvolle Stimme meiner Freundin Siggi. Zu Recht, denn auf mein „ich ruf gleich zurück" von heute morgen ward von mir nichts mehr gehört. Als ich Siggi aber in allen Einzelheiten die Qualen meiner letzte Nacht und – noch schlimmer – die des Tages erzählte stand sie natürlich loyal wie es sich für eine beste Freundin gehört zu mir und wir schossen erstmal eine gute viertel Stunde lang Schimpfkanonen auf unsere Chefs ab. Wie immer ließen wir kein gutes Haar an ihnen und lachten uns schier schlapp als wir beim „Chefverulken" angekommen waren. Wenn man einen Job hat, wo man in der Firmenhirarchie ein Plankton ist, kann ich es nur jedem empfehlen, sich in der Freizeit allen Frust von der Leber zu lästern. Siggi hatte auch bloß ´nen öden Bürojob bei Schmolzenberg & Partner und träumte von dem Moment, wo sie – von wem und für was auch immer – entdeckt wurde; ihre Talente sind da mannigfaltig und individuell einsetzbar.

Siggi und ich kannten uns schon „Jahrhunderte". Na ja nicht ganz. Wir hatten uns in unserer wilden Jugend kennengelernt, als wir noch jedes Wochenende von Freitag bis Sonntag (eher Donnerstag bis Sonntag, autsch) „auffer Piste" waren. Ich war mit einer Freundin im „Tanzschuppen", der damals angesagten Disco für Teenies, und wir suchten den Fußboden möglichst unauffällig nach Eintrittskarten ab. Für die knittrigen orange-roten Scheine gab es nämlich ein „Begrüßungsgetränk" umsonst (wenn man denn dieses nach Bohnerwachs riechende Sauren-Imitat so nennen konnte; damals hat es uns aber gechmeckt) und all die Unwissenden schmissen die wertvollen Tickets einfach auf den Fußboden, wo wir sie dann fleissig aufsammelten und flugs zum Tresen stürmten. Daß Siggi und ich auf einer Wellenlänge waren sah man schon daran, daß auch Siggi dieser Aufgabe höchste Priorität einräumte. Auf der Jagd nach einem dieser heißbegehrten Zettelchen rasselten wir mit geschätzten 30 km/h mit unseren hochtoupierten, mit Haarlack betonfest gemachten Frisuren zusammen und giftete uns erstmal ´ne Runde an. Nachdem wir uns beruhigt hatten, stellten wir fest, daß wir zu zweit viel effektiver Eintrittskarten sammeln konnten, so daß wir uns zusammentaten und dann immer tablettweise die

Begrüßungsgetränke abkassierten. Hoch die Tassen und runter mit dem Gesöff.

Das Ganze liegt jetzt auch schon knapp 15 Jahre zurück, Eintrittskarten sammeln wir jetzt nicht mehr vom Fußboden (gibt´s ja auch nirgendwo was für) und statt literweise Sauren oder den Vodka von Siggis Dad (er grübelt sicher immer noch, wo die ganzen Flaschen geblieben sind) bevorzugen wir jetzt Prosecco auf Eis oder ein schönes Gläschen Wein. Dank der inzwischen weiter vorangeschrittenen Technologie der Haarsprayindustrie sind unsere Matten inzwischen auch nicht mehr betonfest sondern locker flockig, ganz getreu der Devise: „Hamburg, 9 Uhr, Regen, die Frisur hält. Hamburg 9.05 Uhr, Regen, die Frisur hält, äh, fast..." Und statt der jegliche Bettwäsche und Klamotten ausbleichenden vom Hautarzt für die ganz harten Fälle verschriebenen Aknecreme befinden wir uns mit unseren knapp 30 Jahren in der „Age-Repair"-Phase. Hoffentlich wirkt's.

Nachdem wir uns also erstmal ´ne halbe Stunde über unseren Büro-Frust ausgelassen haben (nach den Chefs wurden gleich sämtliche Kollegen durchgenommen und Trauerminute über unser Gehalt abgehalten), waren wir bei unserem Lieblingsthema angelangt: Männer!

Wir faselten also ein' lang, ein' breit über unser Pech, nicht den Traummann zu bekommen und suhlten uns ordentlich in Selbstmitleid. Natürlich lag die Hauptschuld an der Misere an den galaktischen Ausmaßen unserer Hinterteile. Während ich mir weiter die Nudeln reinstopfte und Siggi dabei war einer Chipstüte auf den Grund zu gehen, beteuerten wir kauenderweise, daß wir wirklich alles, einfach ALLES tun würden um rank und schlank zu sein und lästerten was das Zeug hält über die vom lieben Gott mit Schönheit überschüttetet Grazien. Während ich mir ein weiteres Glas Chianti einschenkte (huch.... kommen aus einer Flasche wirklich bloß zwei Gläser raus?), mir mit der anderen Hand 'ne Fluppe anzündete und Siggi in den zwischen Ohr und Schulter eingeklemmte Hörer gerade Vor- und Nachteile der Hungerleidersuppe in Verbindung mit Anti-Cellulitiscreme aufzählte, schellte es an der Tür. Vor Schreck rutschte der Hörer aus seiner Verankerung und ballerte mit lautem Getöse auf den Fußboden. Als ob das nicht genug wäre, rutschte mir die Fluppe mehr oder weniger elegant aus dem Mund, suchte sich ihren Weg über mein Lieblingsschlabbershirt und kam auf meiner Jogginghose mit einem Brandloch zum stehen. „Ah.... Scheiße..." entfuhr es mir, ich klaubte den Hörer mitsamt der immer noch brabbelnden Siggi vom Fußboden und unterbrach ihren Redefluß über einen eventuellen Massenrabatt beim Fettabsaugen, wenn wir zu Zweit gehen würden. „Siggi, pst, sei mal ruhig, da hat wer geklingelt. Ich lugte vorsichtig durch den Türspion und schreckte abrupt zurück.

„Scheiße, Sophia" entfuhr es mir. Das hatte mir gerade noch gefehlt. Sophia wohnte unter mir und war vom lieben Gott dermaßen überschüttet worden, daß es ihr schon wieder aus den Ohren rausquoll. Was bei mir 12 Jahre Bauch-, Beine-, Po-Training nicht hatten korrigieren können, war bei ihr von Natur so mitgegeben worden. Quasi hinterhergeschmissen. Während ich mich bei bestem Wetter ins Fitneßstudio quälte und verbissen daran arbeitete, die Ausmaßen meines Hinterns von Elefanten- auf zumindest Brauereipferdgröße zu verkleinern hockte Sophia Tag für Tag mit ihrem 1-a Fahrwerk fein beim Edelitaliener oder sonstwo und ließ es sich gutgehen. Zu allem Überfluß war sie auch noch von Natur aus mit den gesunden Glanzbäckchen des Zwieback-Kindes und einer dunkelhaarigen Wallemähne gesegnet. Von ihrem italienischen Dad hatte sie allerdings bloß den Namen, nicht wirklich das Temperament bekommen, aber das schien die Männer nicht wirklich abzuschrecken. Sophia war so stimmungsvoll wie ein toter Regenwurm aber dafür neugierig wie Else Kling. Ständig bekam sie mit, wenn ich mit Siggi oder den anderen Mädels was veranstaltete, ging uns durchweg auf die Nerven, will immer alles wissen und drängt sich erbarmungslos auf. Und das Schlimmste: Es scheint für sie eine Art Sport mit besonderer Herausforderung zu sein, uns anderen den hart erkämpften Stich bei ´nem Typ noch am gleichen Abend – wenn möglich, sonst auch später – wieder abzunehmen.

„PAULA, mach auf, ich weiß daß Du da bist, ich höre den Fernseher" flötete sie durch die Tür.
„Siggi, ich habe Feindkontakt, Sophia steht vor der Tür. Ich ruf Dich gleich zurück."

Mürrisch öffnete ich die Tür mit dem verzweifelten Wunsch nach einer besser isolierten Wohnung. Sophia stierte mich verdutzt an, ich hatte fast das Gefühlt sie erkannte mich nicht, und schwebte dann leichtfüßig an mir vorbei ins Wohnzimmer. Wie immer war sie natürlich vom feinsten durchgestylt. Ihre frisch pedikürten Füße steckten in mindestens 8 cm hohen Sandalen (wie kann sie darauf nur so schweben?), dazu ´nen Jeansmini und ein locker sitzendes Shirt mit skandalösem Ausschnit (also ehrlich, und das mitten in der Woche). Ich fragte mich, ob ich ihren BH nur nicht sah (nahtlos, abdrucklos, unsichtbar?), denn es kann doch nicht sein, daß man so einen Ausschnitt auch ohne Push-up hinkriegt? Ihre Wallemähne fiel locker bis unter die Schulterblätter als ob sie frisch aus ´nem Haarshampoo-Werbespot entsprungen wäre. Na fabelhaft.

„Süße, was ist los mit Dir, wie läßt Du Dich nur gehen? Geht's Dir nicht gut?"

Völlig verdutzt starrte ich an mir herunter. Der Nagellack an meinen Fußnägeln blätterte so langsam aber sicher ab, außerdem hatte ich böse Blasen von den ollen Sandalen, der Zwickel meiner ausgeleierten Jogginghose (70er oder 80er Jahrgang, irgendwo dazwischen) hing mir nahezu rappermässig zwischen den Knien, aus dem Brandloch stieg noch leichter Qualm hervor (ich hatte kurzfristig Sorge daß das gute Stück noch endgültig durch einen Schwelbrand oder Ähnliches Feuer fängt) und mein leicht beflecktes Schlabbershirt entsprach auch nicht wirklich der neuesten Mode. Von meiner morgendlichen Fönwelle war schon lange nichts mehr übrig, meine schulterlangen Haare hatte ich in einem verkümmerten Zopf streng nach hinten frisiert, so daß die Haare nicht in meiner Gesichts-Moorschlammmaske, die so langsam schon anfing zu bröckeln, hängen blieben.

„Doch, vielen Dank Sophia, alles bestens." Sie stierte wie hypnotisiert auf mein Glas Chianti und ich betete, daß sie gleich irgendwas wie „ich hab gar nicht lange Zeit" sagen würde aber nichts passierte. Wir schwiegen uns noch 'ne weitere Minute an, was schon die Grenze der Unhöflichkeit überschritten hatte, so daß ich sie resigniert fragte „möchtest Du auch ein Glas Wein?"
„Oh Süße, Du hast mich überredet, eigentlich wollte ich Dir ja bloß die Einladung für meine Sommerparty vorbeibringen, aber bei solchen Überredungskünsten kann ich nicht nein sagen." Sprach's, und schmiß ihren Modelkörper in meine veraltete Sofagarnitur.

Nachdem sie mich noch gut drei Stunden lang vollgesabbelt, meine restlichen Nudeln und meinen Chianti vernichtet hatte, machte sie gegen Mitternacht endlich Anstalten die Biege zu machen.

„Hach Süße, ich muß jetzt leider los, war nett bei Dir, das müssen wir unbedingt wiederholen, sag doch Bescheid, wenn Du am Wochenende was mit Siggi oder den anderen Mädels machst, dann schließ ich mich Euch an und dann machen wir mal so richtig 'ne Sause":
„Klar Sophia, bis jetzt ist noch nichts geplant, aber wenn, dann sag ich auf alle Fälle Bescheid."

Mit einem Seufzer der Erleichterung schloß ich die Tür hinter ihr und klingelte noch schnell bei Siggi durch. Siggi hatte zwar schon geschlafen, war aber froh über den neuesten Sachstand informiert zu werden und wir beschlossen, morgen abend ins Shooters zu gehen. Das Shooters war eine Bar mit abgetrennter Disco ganz bei uns in der Nähe was den Vorteil hatte, daß man günstig mit Taxi hin und auch wieder zurück kam. Je nach Laune konnte man bloß 'nen Happenpappen essen oder auch ordentlich abzappeln.

Ich schleppte mich todmüde ins Schlafzimmer, ließ mich vornüber in die Kissen plumpsen und war sofort weggedümpelt.

Am nächsten Morgen riß mich der Wecker gnadenlos in aller Herrgottsfrühe in die Wirklichkeit zurück. Völlig gerädert rappelte ich mich nach 'ner geschlagenen halben Stunde „nur noch einmal umdrehen" endlich hoch und schleppte mich ins Badezimmer.

„Aaaaahhhh............" der Schock schmiß mich Matrix-gleich zurück gegen die Badezimmerwand und ich setzte mich schnell auf den Klodeckel bevor ich noch ohnmächtig werden würde oder dergleichen. Langsam und gleichmäßig atmete ich lautstark ein und aus um mich zu beruhigen, öffnete dann langsam wieder die Augen und schielte vorsichtig in die mir gegenüber hängende Spiegelwand. Mein Herzschlag normalisierte sich wieder, als mir bewußt wurde, daß ich nicht über Nacht an Lepra oder Ähnlichem erkrankt war, sondern nur vergessen hatte, die Moormaske gestern abend noch abzuwaschen. Gruselig aussehende Klumpen bröckelten schichtartig von meinem Gesicht und blieben unappetitlich auf meinem Snoopy-Schlafshirt hängen.

Nach anfänglichen Schwierigkeiten bekam ich die zementharte Masse doch noch restlos von meinem Gesicht ohne allzuviel Hautschichten mit abzukratzen und war nach zeitaufreibenden Restaurierungsarbeiten gegen 10.30 Uhr ganz passabel im Büro angekommen. Jetzt aber erstmal ein Käffchen dachte ich mir und ging gutgelaunt Richtung Küche. Es konnte eigentlich nur ein guter Tag werden. Meine Füße steckten zur Abwechslung mal in herrlich bequemen Chucks und es war Freitag, also alles bestens.
Rumms! Dejavù! Schon wieder mein Chef der mich da fast zu Fall brachte! „Frau Freitag, wird das jetzt zur Gewohnheit, daß Sie hier immer erst kurz vor der Mittagspause antanzen? Ich krieg hier gleich einen zuviel. Kein Mensch ist hier um das Telefon zu bedienen. Und was ist mit der Korrespondenz in Sachen Poduffski gegen Stahmer? Ich wollte mich gerade in die Akte einlesen wegen der bevorstehenden Gerichtsverhandlung und mußte feststellen, daß die letzte dort abgeheftete Korrespondenz vom letzten Jahr ist! Das kann jawohl nicht wahr sein! Dümpelt das alles noch in Ihrem Ablagekasten oder was?? Das muß jetzt wirklich mal vorgezogen werden!" Sprach's und düste ab in sein Büro! Also wirklich.

Hatte der Mann eigentlich nur den blassesten Schimmer was für eine zeitaufreibende Arbeit es ist, sich jeden Tag aufs neue entzückend wie eine Frühlingsbrise der Menschheit zu präsentieren um auch nur halbwegs mit den von Gott gesegneten Grazien mitzuhalten? Da denkt man der Mann ist dankbar, daß er eine absolut repräsentable rechte Hand hat, aber nein, wie wird's einem gedankt? Gar nicht. Ist doch echt 'ne Frechheit, würd mich mal interessieren, wie er es finden würde, wenn er so 'ne alte Gurke wie die olle Frau Schmiernoff da sitzen hätte. Jawohl, das geschähe ihm mal ganz recht. Dann würde er an die wundervolle Zeit zurückdenken als er noch so eine engelsgleiche und liebenswürdige, fleißige und mitdenkende Sekretärin wie mich hatte und nicht......
„Freitag, FREITAG, jetzt stehen Sie da nicht auf dem Flur rum und stieren Löcher in die Luft, sondern suchen mir endlich die Poduffski-Korrespondenz raus!" Oha, er läßt schon das „Frau" weg, das bedeutet nichts Gutes!

Ist doch immer wieder faszinierend, was man so findet, wenn man den Ablagestapel mal von Zeit zu Zeit durchforstet. Ups.... sieh mal an, das Original-Urteil in Sachen Krawetzki. Das hatten wir doch letzten Sommer wie die Blöden gesucht, der Chef ist fast ausgeflippt und wir mußten zu guter Letzt grambebückt beim Gericht eine Zweitausfertigung anfordern. Na sowas, und nun liegt's hier in meinem Ablagekasten. Schnell in den Schredder damit, bevor das einer sieht. Ah... Poduffski. Da ist es ja. Ich nahm den 30 cm hohen Stapel mit der Poduffski-Korrespondenz und ging damit zu meinem Chef. In einem geordneten Haushalt findet sich einfach alles. Braucht er sich ja wirklich nicht gleich so aufzuregen. Zum Glück war er gerade nicht am Platz, so daß ich ihm den Batzen Papier schnell auf den Schreibtisch klatschte und mich dann für's Mittagspäuschen von Dannen machte. Hervorragend.

Ich ging zielstrebig in die nächste Parfümerie und wühlte den Ständer mit den Lippenstiften durch. Ich wußte genau was mir noch fehlte. Wenn ich ehrlich bin, konnte ich mich mit Lippenstiften zwar todschmeißen, aber der einzig wahre Richtige war halt noch nicht dabeigewesen (ist wie mit den Männern eigentlich). Aber heute hatte ich so ein bestimmte, siegesgewisses Gefühl. Ich wußte plötzlich ganz genau, daß ich ihn heute finden würde und er meinem Gesicht sofort den fehlenden Schliff geben würde. Gleich heute abend würde ich dann wie verwandelt im Shooters aufkreuzen und einen Mordsandrang von potentiellen Verehrern heraufbeschwören. Jawoll. Mit diesem Gedanken begann ich, das Sortiment der Natur-Hellbraun, Natur-nochetwashellerbraun, Natur-Mittelbraun u.s.w. durchzuwühlen und es dauerte gerade mal 2 Minuten, bis sich mir eine fast schon clownsartig geschminkte Fachverkäuferin (das Schild an der Brust besagte es) in einem schockierend kreischgelben, total formlosen Blaser näherte und fragte, ob sie mir helfen könnte. Huch, welch Schreck. Eigentlich wühlte ich ja lieber alleine, aber ich sah mich einer höheren Macht gegenüber, gab mich also kampflos geschlagen und machte sie mit meinen Vorstellungen vertraut.

Kaum 10 Minuten später verließ ich den Laden mit einem handtaschengroßen Papptäschchen, daß ich fröhlich durch die Gegend schwang, mir des Neids der mich passierenden Frauen wohl bewußt. Ein herrliches Gefühl. Mein Leben wird sich durch meine neuen Errungenschaften sicherlich total ändern. Den Gedanken, daß ich eigentlich nur nach einem Lippenstift gesucht hatte und im Endeffekt mit Lippenstift, Lipliner, Lipgloss,

Feuchtigkeitscreme (sie guckte so merkwürdig fasziniert auf meine abgeschürften Stellen im Gesicht) und 250 ml Parfüm (war gerade im Angebot, da mußte man einfach zuschlagen) für schnäppchenhafte EUR 250,00 den Laden verlassen hatte, verdrängte ich schnell. Man muß eben ab zu und auch mal wirklich was investieren, das war ja auch erstmal das Letzte, das hält ja für ein Weilchen, jetzt brauch' ich erstmal ewig nichts mehr, werde nicht weiter jede zweite Woche 'nen neuen Billiglippenstift kaufen und im Endeffekt ist das dann viel günstiger. Klug gewirtschaftet. Jawoll. Oh.... halt stop. Da wäre ich so in Gedanken vertieft doch glatt an dem Reduziert-Ständer bei einer meiner Lieblingsboutiquen vorbeigerannt. Gucken kostet ja nix. Flink durchwühlte ich profimäßig den Ständer mit den reduzierten Tops. Als professionelle Shopperin konnte ich ein echtes Schnäppchen mit verbundenen Augen erkennen. Ich hatte mir zwar erst letzte Woche zwei neue Tops gekauft, aber – mal ehrlich – von solchen Dingern konnte man schließlich nie genug haben. Und für EUR 14,90 kann man nun echt nix sagen. Zack, ein weißes und ein schwarzes und nochmal schnell auf dem Weg zur Kasse sämtliche anderen Ständer mit durchgewühlt. Als ich die Kasse erreicht hatte, bog sich mein Arm schon unter stapelweise Schnäppchen. Zwei Hosen, einen ganz entzückenden Rock, eine taillierte Strickjacke für mal ganz lässig und – für heute abend (wow!) – einen extrem netten Jeansrock (verschärfter used look, Mutti würd ihn zur Reparatur zum Schneider bringen) und ein lockeres Shirt mit tiefem Ausschnitt. Oh herrlich. Statt meines ursprünglich einkalkulierten „Reduzierte-Tops-Budgets" zeigte mir die Zahl an der Kasse dummerweise eine etwas andere Zahl, aber was soll's. Bei Schnäppchen muß man investieren und noch dazu bin ich heute abend der absolute Renner. Gutgelaunt schob ich der offensichtlich mißgestimmten Kassiererin meine Amex rüber und fragte mich noch, ob es den V-Ausschnittpulli, der ihr ganz hervorragend stand, auch hier gab, aber da ich meine Pause schon um einiges überzogen hatte, riß ich mich – wenn auch ungern – von diesem Gedanken los und stiefelt zurück ins Büro.

Nachdem ich meine Einkaufstüten möglichst unauffällig durchs gesamte Büro bis in mein miniaturartiges Zimmer geschleift hatte, stopfte ich sie schnell mit in den Aktenschrank, um mir die neugierigen Blicke und Fragen der Kolleginnen zu ersparen. Ich haßte es wie die Pest, wenn die Mädels sich wie die Geier auf die Tüten stürzten und neugierig die neu erworbenen Stücke herausrissen und für alle sichtbar in voller Breite in die Luft hielten. Meist kam just in diesem Augenblick mein Chef, irgendwelche mir unbekannten männlichen Kollegen – oder noch schlimmer – die dusselige Arabella von nebenan ins Zimmer geschneit, nur damit sie danach der ganzen Zickenbelegschaft von Bruschkowski, Tscherniko & Partner erzählen konnte, daß ich doch tatsächlich im Schlußverkauf einen Minirock in Größe 42 (sitzt aber sehr locker, ehrlich) erstanden hatte und diesen auch tragen wollte, während sie sich vor Lachen auf ihre in Armanihosen Größe 36 steckenden cellulitisfreien Schenkel klopfte. Das würde mein momentan vorherrschendes euphorisches Glücksgefühl doch ein klein wenig dämpfen. Aber das Glück war mir hold und die verräterischen Tüten steckten erfolgreich verborgen im Aktenschrank. So, nun mußte ich mich wohl tatsächlich noch mal wichtigen Dingen widmen, sonst war gleich Feierabend und ich hatte noch nichts geschafft. Ich wählte also flugs Siggis Büronummer und berichtete ihr von meinen erfolgreichen Einkäufen. Siggi war einer Panikattacke nahe, da sie in Anbetracht meiner Einkäufe plötzlich nicht mehr wußte, was sie heute Abend anziehen sollte, und ich bereute schon fast, daß ich es ihr erzählt hatte, da sie in ein Loch der Verzweiflung zu versinken schien und langsam aber sicher in die „Ich kann nicht mitkommen, ich hab nichts zum anziehen"-Phase zu rutschen drohte. Da hieß es, schnell gegenzusteuern.

„Quatsch Siggi, Du hast doch den ganzen Schrank voller Klamotten. Vorgestern hast Du Dir doch so klasse Schlappen gekauft! Zieh doch die an und dazu die neue schwarze Röhrenjeans."
„Neee....." jammerte Siggi. „Das sieht irgendwie doof aus. Ich will auch was Neues. So kann ich nicht mitkommen."
Nach weiteren 10 Minuten verzweifelter Kleiderschrankinventur kamen wir zu dem einzig möglichen Ergebnis dieser Unterhaltung: Siggi beschloß, heute früher Schluß zu machen um noch schnell ´nen Abstecher in die Innenstadt unternehmen zu können, um dann auch noch das ultimative Freitag-Abend-Outfit zu finden. Wir verabredeten, daß ich gegen 21.00 Uhr bei Siggi sein sollte, um den Abend dann dort gemütlich mit einem Gläschen Prosecco beginnen und dann später gutgelaunt zum Shooters aufzubrechen zu können.

Nach dem Telefonat mit Siggi rief ich noch schnell bei Mutti an.
„Kind, ich hab gerade an Dich gedacht, Du meldest Dich aber auch nie. Wie geht´s Dir denn so?"
„Mir geht's prima Mutti und Euch?"
„Ach Kind, Du weißt ja, immer dieser Streß, Vaddi baut mal wieder irgendwas Merkwürdiges in der Garage, keiner weiß was, aber er schleppt mir hier den ganzen Dreck in die Bude und ich hab doch gerade gefeudelt, und sagt man ihm das, ist er wieder beleidigt, kennst ihn ja. Und nun bin ich gerade dabei eine schöne Schweinshakse mit

Kartoffeln und Sauerkraut zu machen. Aber erzähl mal Kind, hast Du was Schönes vor am Wochenende?"

Ich glaub nicht, daß Mutti wirklich hören wollte, daß Siggi und ich uns auf Teufel komm raus aufbrezeln, mit Prosecco ordentlich anschickern und Männer aufreißen gehen wollten.

„Och.... ich geh heut abend zu Siggi und wenn wir Lust haben, gehen wir noch ein bißchen ins Shooters ´nen Happenpappen Essen."

„Kind, iß bloß mal was Ordentliches und hau Dir nicht immer so´n chemischen Kram rein, das macht bloß dick und ist ungesund."

„Ja, Mutti."

„Und halt Dich auch mit dem Alkohol zurück. Der hat nämlich auch ordentlich Kalorien, das denkt man gar nicht. Weißt Du, ich trink mein eines Gläschen und dann hab ich auch genug. Das ist bei mir wie mit der Schokolade, da ess ich auch höchstens einen Riegel, den lutsch ich dann ganz genüßlich, da hab ich richtig lange was von, und dann leg ich den Rest wieder in den Schrank. Das solltest Du auch mal so handhaben."

„Ja Mutti, mach ich."

„Ohje.... die Kartoffeln kochen gerade über, Kind, ich muß mich um das Essen kümmern, sonst ist es nicht fertig, wenn Vaddi gleich rein kommt. Laß mal was von Dir hören. Kannst uns ja am Sonntag mal besuchen kommen. Veronica kommt vielleicht auch vorbei."

„Ja Mutti, mal sehen, laß uns vorher nochmal telefonieren. Tschüss."

„Tschüss Kind, paß auf Dich auf und schöne Grüße an Siggi."

Veronica war meine drei Jahre jüngere Schwester. Zu meinem Leidwesen war sie ganz nach meiner Mutter gekommen und mit deren zartem Körperbau und dickem, kräftigem Haar gesegnet. Ich kam ganz nach Vaddi. Im Steinzeitalter hätte ich echt ´ne gute Partie abgegeben. Mit meiner eher kräftigeren Statur hätte ich durchaus selbst auf Büffel-Jagd gehen können, wahrscheinlich hätte ich dann auch gleich den Mann meiner Wahl mit der Keule niedergestreckt und mit nach Hause in die heimische Höhle verschleppt, eigentlich gar nicht so doof. Aber Steinzeit war nicht mehr, ich mußte andere Geschütze auffahren.

Ein Blick auf die Uhr verriet mir, daß in 1 ½ Stunden das Wochenende da war. Hurrahhhh......... aber herrje, wie sollte ich bis dahin diesen übel aussehenden Diktatstapel, der da schon seit längerem auf meinem Tisch rumlag, abarbeiten? Oh mann... es half alles nix, ich mußte da ran.

In Rekordzeit schmetterte ich die vom Chef diktierten Briefe nur so runter und wetzte dann mit der vollen Mappe in sein Zimmer. Jeden Freitag nachmittag, wenn das Wochenende vor der Tür stand, entwickelte ich schier ungeahnte Kräfte und überraschte meinen Chef immer wieder damit, daß ich tatsächlich meinen Job irgendwann mal gelernt hatte. Selig blätterte er Seite um Seite der mit den fertigen Briefen bestückten Unterschriftsmappe um, und freute sich über jeden weiteren Kringel den er mit seinem Kuli machen konnte. Chefs sind doch so leicht zufriedenzustellen. Ohne Zeit zu verlieren, riß ich ihm nach der letzen Unterschrift die Mappe aus der Hand, trällerte ein „schönes Wochenende" und bevor er noch Einwände erheben konnte, ballerte seine Bürotür schon hinter mir ins Schloß. Zack, zack, ab zum Faxgerät alles rausgefaxt, Computer aus, die göttlichen Tüten nebst Parfümeriepapptäschchen geschnappt und nix wie raus aus dem Laden.

Zu Hause angekommen donnerte ich alles in die Ecke, drehte die Anlage mit Barry Whites greatest Hits voll auf, goß mir ein schönes Glas Prosecco auf Eis ein und begann mit den Restaurierungsarbeiten. Die alte Pampe runter und bei Null wieder anfangen heißt die Devise. Die neu erworbene und teuer bezahlte Feuchtigkeitscreme schien jeden Penni wert zu sein und wirkte Wunder. Meiner Meinung nach kam ich gerade dem Glanzbäckchenlook des Zwieback-Kindes gefährlich nah. Hervorragend. Dann das natürlich wirkende Make-up auftragen und dann begann mein Meisterwerk: Mit 7 Schattierungen, von beige bis brown, zauberte ich mir ein faszinierendes Augen-Make-up ins Gesicht! Ehrfürchtig betrachtete ich mein Spiegelbild. Wahnsinn. Es sah ziemlich natürlich aus, eigentlich... Ich fragte mich kurzfristig, wieso man sich mit arschteuren Produkten stundenlang abmüht, nur um im Endeffekt nicht wirklich was davon zu sehen. Aber was soll jetzt diese Spielverderbernummer... Weniger ist mehr, sagte schon immer meine Mutti. Ich hatte zwar ziemlich viel „mehr" auf den Augenlidern, aber das sah man dank der natürlichen Farbpalette ja nicht. Toll. Nun kam der heißerwartete Moment, wo ich mein künstlerisches Meisterwerk mit dem neuen Lipliner, Lippenstift und Lipgloss vollendet. So..... irgendwie sieht das genauso aus wie immer. Nicht wirklich anders als die anderen 20 Lippenstifte. Hm..... Ach egal. Schnell noch ein Schluck Prosecco, den Kopf von Rundbürsten und Lockenwicklern befreit und zack in die neu erworbenen Klamotten geschlüpft. Klasse. Zu guter Letzt arbeitete ich meine Füße mit viel Geduld in das recht komplexe Riemenkonzept meiner 7cm Stilletos ein. Die Dinger waren der absolute Knüller. Ich wußte zwar nicht, wieso eine Sohle mit diversen minimalistischen Lederriemen ein knappes Monatsgehalt kosteten, aber egal. Die Dinger waren ein Traum. Jeder Orthopäde hätte nur so die Hände über dem Kopf zusammengeschlagen, aber wie heißt es so schön: Wer schön sein will, muß leiden. Zu guter letzt noch großzügig mit dem neuen Parfüm bestäubt, noch 'ne Flasche Prosecco unter den Arm geklemmt und auf geht's zu Siggi.

Ich war die Treppe im Hausflur noch nicht ganz unten als auch schon Sophia ihre Haustür aufriß. Oh mann... eben dachte ich noch ich wäre die fleischgewordene Versuchung auf Riemchenstilettos aber leider verpieselte sich dieses göttliche Gefühl beim ersten Blick auf Sophia schlagartig. Sie trug ein schlichtes schwarzes Minikleid, sicherlich nicht im Schlußverkauf erworben sondern eher von Herrn Gabbana höchstpersönlich für sie angefertigt und ihre Stilettos ähnelten stark den meinigen, nur daß ihre höchstens Größe 38 waren und sich hinter meinen Plattfüßen locker verstecken konnten. Auch konnte ich an ihren perfekten Beinen nicht einen einzigen Makel entdecken, nicht die kleinste Stelle oder Delle war unter der Neonfunzel im Treppenhaus zu entdecken, von Besenreißern oder Schlimmerem ganz zu Schweigen. Und überhaupt: Hatte sie sich mit Goldpuder bestäubt? Ich faß es jawohl nicht...

„Paula, Süße, wo willst Du denn drauf los? Liegt heute was an? Du wolltest mir doch Bescheid sagen, Du Schlimme" sagte sie mit lieblichsten Lächeln und verdarb mit damit restlos die gute Laune.
„Och, weißt Du, nix besonderes, ich guck bloß mal bei Siggi vorbei und wir quatschen dann so'n bischen, mal sehen, vielleicht gucken wir Video und eventuell, also nur gaaanz eventuell gucken wir noch auf ein Gläschen im Shooters vorbei, aber das wissen wir noch nicht."

Meine aufgedonnerte Erscheinung strafte meine Worte ja irgendwie Lügen aber ich hoffte, Sophia würde es vielleicht nicht bemerken?!

„Ach Süße, ans Shooters hatte ich heute ja auch schon gedacht. Das ist ja ein Zufall. Ich denke ich werde nachher bestimmt auch noch da vorbeigucken, dann sehen wir uns ja vielleicht noch. Das wäre ja prima, dann kann ich Siggi ja auch noch meine Einladung für die Party geben. Toll. Also dann bis nachher" flötete sie und verschwand wieder in ihrer Wohnung.

Na super, soviel dazu. Nicht mehr ganz so gut gelaunt wackelte ich auf meinen Genickbruchsandalen Richtung Siggi. Zum Glück wohnte sie nicht weit von mir entfernt, so daß ich 10 Minuten später bei ihr Sturm klingelte.

Siggi kämpfte noch mit dem Lockenstab als sie mir die Tür öffnete und war sich anscheinend über das Outfit auch noch nicht ganz im klaren, da ihre Füße in zwei verschiedenen Schuhen steckten und sie ansonsten ein buntes Allerlei trug. Oder wollte sie wirklich das Pailliettentop über den V-Ausschnittpulli würgen und mit Blazer UND Jeansjacke auf verschieden hochhackigen Schuhe das Haus verlassen? Beim Betreten ihrer Wohnung stürzte ich gleich in einen riesigen Wust aus am Boden liegender Klamotten und kam auf meinen Stilettos arg ins Wanken. Aber im Fall eines Falles wäre ich ja weich gelandet. Ich befreite mich aus dem Klamottengewusel und brachte erstmal den Prosecco in Sicherheit.

„Siggi, ich weiß Du hast das schreckliche Klamottenproblem, aber es kommt noch dicker. Halt Dich fest, ich hatte Feindkontakt!"

„Sophia" war das einzige was Siggi rausbrachte und ich erzählte ihr von meiner Flurbegegnung der 3. Art.

„So ein Mist" schimpfte Siggi während sie uns großzügig Eiswürfel in die Prosecco-Gläser plumpsen ließ.

„Also ehrlich, ist doch zum kotzen, da will man sich mal 'nen schönen Abend machen und hat gleich wieder die blöde Kuh an den Hacken kleben." Siggi kippte erstmal 'nen ordentlichen Schluck Prosecco runter, daß die Eiswürfel nur so klirrten. „Und was ich anziehen soll, weiß ich auch nicht. Alles Scheiße. Bin vorhin extra noch in die City gedüst, hab aber nichts gefunden, so ein Mist."

„Ach Siggi, kein Problem, das kriegen wir schon hin, wir holen Dir erstmal den Lockenstab vom Kopf, sonst hast Du gleich ein Brandloch." Mit vereinten Kräften zerrten wir an dem sich inzwischen völlig verhedderten Ding. Das stattliche Büschel von Siggis dunkelbraunem Haar, das wir dabei mit rausrissen, stopfte ich schnell in die Tasche meines Rocks, da Siggi bei dem Anblick sicherlich die Krise gekriegt hätte.

Nachdem wir dann eine geschlagene ¾ Stunde damit verbrachten, für Siggi das passende Outfit auszusuchen – wir entschieden uns für ein knappes rosa Top mit schwarzer Röhrenjeans und ebenso gefährlicher Genickbruchstilettos wie ich sie trug – war die erste Flasche Prosecco schon vernichtet und wir schmissen uns mit Nachschub bei Siggi auf die Couchgarnitur. „Yippiee...." brüllte ich als mit einem Knall die zweite Flasche entkorkt wurde und schenkte mit Schwung die Gläser wieder voll.

„Auf daß Sophia ein seltenes Drüsenleiden bekommt und mindestens 50 kg zunimmt."

„Jawoll" brüllte Siggi und wir stießen mit lautem Knall der Gläser an.

„Oder ihr fallen urplötzlich sämtliche Haare aus und sie kriegt 'ne mords Schuppenflechte im Gesicht" ließ Siggi ihrer Phantasie freien Lauf.

„Doppel jawoll" juchzte ich.

Wir wollten gerade mit dem äußerst erheiternden Wortwechsel fortfahren, als wir plötzlich ein Rumoren auf dem Balkon der Wohnung nebenan hörten und verstummten abrupt.

„Der Göttliche" hauchte ich.

„Los, komm schnell." Siggi zerrte mich auf die Füße und wir tappten Barfuß (in die Schlappen mußten wir schließlich früh genug wieder rein) im Eiltempo Richtung Balkon, um wenigstens noch einen kleinen Blick auf den neben Siggi wohnenden Adonis zu erhaschen.

So cool wie möglich schmissen wir uns in Siggis Gartenmöbel, zündeten uns locker im Mundwinkel 'ne Fluppe an, prosteten uns dezent zu und ließen ein verruchtes Lachen erklingen (wie macht man das?), wobei wir so unauffällig wie möglich versuchten, auf den Balkon nebenan zu schielen, wo Tom nur in Boxershorts seinen braungebrannten und durchtrainierten Körper zur Schau stellte. Als er unseren Radau nicht mehr ignorieren konnte, drehte er sich zu uns um, wobei ihm das dunkle, volle Haar locker ins Gesicht fiel.

„Hey Mädels, wo wollt Ihr denn so aufgebrezelt noch drauf los?"

Hmpf..... wie kann er wissen, daß wir nicht von Natur aus so aussehen?

„Och, mal gucken wo es uns noch so hinverschlägt" gab Siggi vage Auskunft.

„Vielleicht gucken wir nachher nochmal kurz ins Shooters" sagte ich, während ich versuchte so anmutig wie möglich meine Beine übereinanderzuschlagen.

„Da wollten die Jungs und ich nachher wohl auch nochmal 'nen Abstecher hin machen, man sieht sich dann" sagte er und ging zurück in die Wohnung. 'Ne Sekunde später guckte er nochmal durch die Balkontür in unsere Richtung, wo wir gerade noch versuchten, den letzten Hauch seines

Aftershaves aufzusaugen. „Hey Paula, scharfer Rock übrigens."

Yipppiiieeeee........ wir stürmten in die Wohnung und führten in Siggis Stube einen Erfolgstanz auf. Nicht genug, daß er uns überhaupt registriert hat, nein, er findet auch noch meinen Rock „scharf"!!! Ich wußte gleich, als ich mit dem Fummel an der Kasse stand, daß das eine gute Wahl war.
„Her mit der Buddel" juchzte ich und kippte unsere Gläser erneut voll, als wir hörten, wie seine Haustür zugeschlagen wurde. Wir stürmten in die Küche und drückten unsere Nasen hinter der Gardine an der Fensterscheibe platt und sahen, wie Tom sich auf seine Harley schwang und damit wohl zu den „Jungs" düste. Die „Jungs" glichen einer Football-Mannschaft aus einem typischen US-Streifen. Einer besser gebaut als der andere. Und Tom war so was wie ihr Anführer.
„Auf Deinen Erfolg Du scharfe Rockträgerin" kicherte Siggi und wir schlürften gutgelaunt die letzte Pfütze aus unseren Gläsern. Schon leicht angeschickert und bestenr Dinge bestellten wir uns ein Taxi, legten noch mal Lippenstift nach und zeigten uns auch bei einer zweiten Runde Parfüm nicht knauserig.

Als wir gegen 23.00 Uhr das Shooters betraten war der Laden gerade mal halb voll, wenn überhaupt. Macht aber nix, so konnten wir uns wenigstens unseren Lieblingstisch sichern, den Runden mit den Barhockern, da hatte man den besten Überblick und wurde auch bestimmt nicht übersehen. Wir hievten uns mit Schwung auf die Hocker, winkten freudig den Kellner heran und orderten uns zwei Prosecco auf Eis.
„Hey, guck mal Paula, da sind Caro und Stella."

„Määääääääädddddellllllss" brüllte ich quer durch den Raum und winkte eifrig mit beiden Händen. Die beiden hatten gerade die Bar betreten und kamen strahlend auf uns zu.

„Oh klasse, das wir Euch hier treffen" und schwangen sich zu uns auf die Barhocker."

„Wiiiiirrtschaffft" grölte Siggi und als der für unseren Tisch zuständige Kellner wieder erschien, orderten wir gleich ´ne ganze Flasche, damit sich der arme Kerl nicht die Hacken ablief. Wir prosteten uns gerade fröhlich zu, als Tom und die „Jungs" die Bar betraten.

„Uhhh...." In ehrfürchtigem Staunen schielten wir möglichst unauffällig zu der Gruppe rüber und ich zupfte schnell mit puckerndem Herzen meinen „scharfen" Rock zurecht, wippte anmutig mit meinen Füßen im Takt der Musik und tat so, als ob es mich nicht im mindesten interessierte, daß Tom den Laden betrat. Ja, aber was ist das?!? Ich hatte das Gefühl, meine Augäpfel würden jeden Moment aus ihren Höhlen springen und im überquellenden Ascher auf unserem Tisch landen, als ich registrierte, daß in dem ansonsten so perfekten Bild der sechs schnuckeligen Typen ein absoluter Störfaktor war.

„Sophia." Caro verdrehte die Augen und Stella imitierte einen Kotzbrechreiz.

Wenn ich mit meinen schwitzigen nackten Beinen nicht inzwischen schon an dem Plastikbezug des Barhockers festgeklebt wäre, wäre ich sicherlich von selbigem vor Schreck runtergerutscht. Tatsächlich stolzierte da jawohl allen Ernstes Sophia neben Tom in die Bar und schüttelte aufreizend ihre dunkle Wallermähne, so daß sämtliche anderen Männer in der Bar ihr bewundernde Blicke zuwarfen (die anwesenden Frauen gucken übrigens alle irgendwie weniger begeistert). Kaum hatte sie uns entdeckt, schlug sie vor Begeisterung ihre kunstnägelverzierten Hände zusammen und kam powackelnd auf uns zu, daß das Designerkleidchen ihr nur so um die Hüften wehte (in der Steinzeit hätte sie keinen guten Schnitt gemacht. Bin mir sicher, sie hätte nicht einen einzigen Büffel erlegen können).

„Hach ist das schön, daß ich Euch alle hier treffe. Wie praktisch."

Mit diesen Worten kramte sie aus ihrem Täschen (für dieses würde ich übrigens morden!) noch ein paar Einladungen für ihre Sommerparty und klatschte sie schwungvoll auf unseren Tisch.

„Sophia, was willst Du trinken?" rief Tom vom anderen Ende der Bar.

„Hach, Champus wird's hier wohl nicht geben" rief sie kichernd zurück und freute sich selbst am meisten über diese nach ihrer Ansicht witzige Bemerkung. „Ich geb mich dann auch mit 'nem Prosecco zufrieden. Euch noch 'nen schönen Abend, wir sehen uns spätestens auf meiner Sommerparty" sprach's und wackelte zu Tom und den Jungs zurück.

„Also das ist doch wohl 'ne Frechheit" schimpfte Siggi und tätschelte mir beschwichtigend unter dem Tisch das Knie. „Ansonsten hängt sie wie 'ne Klette an uns und jetzt tut sie so, als ob sie uns kaum kennt."

„Suhlt sich in ihrem Erfolg bei den „Jungs" moserte Caro. „Guck da bloß nicht so hin, dann freut sie sich noch doppelt."

„Pah.... was bildet die sich eigentlich ein. Wahrscheinlich hat sie sich den Jungs aufgedrängt und die überlegen gerade krampfhaft, wie sie sie wieder loswerden können" giftete ich, doch leider kamen auf diese Äußerung keine zustimmenden Ausrufe der Mädels, so daß ich das Thema lieber nicht weiter vertiefen wollte.

„Weeeeehhhhhrtschafffffdd" grölte ich eine Stunde und 2 Flaschen Prosecco später und schwenkte die leere Flasche wie eine Siegestrophäe über meinem Kopf.

Wenigstens das klappte. Der Kellner kam dienstbeflissen eiligst mit ´ner neuen Flasche.

„Und dasch nächsde Maal wolln wia Schambus, kla?" lallte Siggi und riß dem Kellner die Buddel aus der Hand um schnell die Gläser wieder aufzufüllen.

„Schkoll" brüllten wir im Chor und ließen lautstark die Gläser zusammenballern.

Wann und wie wir im Endeffekt die Lokalität verlassen hatten, kann ich nicht mehr genau rekonstruieren. Ich weiß nur noch, daß ich beim bezahlen – als ich aus den Taschen meines „scharfen" (pah... Arschloch!) Rocks die knittrigen Geldscheine kramte – schwungvoll Siggis Haarbüschel mit hervorzauberte, welches prompt in der auf unserem Tisch stehenden Kerze landete und mit lautem Zischen in Brand gesetzt wurde. Aber der Kellner konnte unser „Tischfeuerwerk" zum Glück schnell löschen.

Das Erwachen am nächsten Morgen war furchtbar. Ich fragte mich, wieso die draußen mit dem Preßlufthammer die Straße aufrissen. Die war doch noch nicht alt. Nachdem ich mich aus dem Bett gequält hatte und aus dem Fenster stierte, mußte ich feststellen, daß niemand mit Preßlufthammern die Straße aufriß, sondern daß das Gedonner anscheinend nur in meinem Schädel existierte. Statt der erwarteten Arbeiter sah ich bloß Sophia, wie sie sich frisch wie der junge Frühling in knallengen Jeans, weißem Shirt und Chucks auf´s Fahrrad schwang. „Ohhh......." Mit einem mitleiderregendem Seufzer der Verzweiflung schmiß ich mich zurück aufs Bett und versuchte der langsam zurückkommenden Erinnerung an den vergangenen Abend Einhalt zu gebieten.

Klappte leider nicht. Es drängten sich mir leider immer deutlicher die peinlichen Bilder der vergangenen Nacht auf. Eins zeigte Siggi und mich, wie wir in wilder Ekstase einen vermutlichen sexy wirkenden Tanz auf der an der Bar angrenzenden Tanzfläche aufführten um die „Jungs" zu beeindrucken. Im klaren (eher grellen) Morgenlicht des nächsten Tages, wirkte das für mich allerdings gar nicht mehr sexy sondern vielmehr todpeinlich!

„Oh nein........ Tom wird nie wieder ein Wort mit mir wechseln" jammerte ich in mein Kissen in Erinnerung an sein Geflirte mit meiner verhaßten Unter-Nachbarin, der dusseligen Kuh. Oh ja, gemein werden hilft jetzt auf alle Fälle weiter.

Ich suhlte mich gerade so richtig im Selbstmitleid, als es zu meiner großen Bestürzung an der Tür klingelte. In meinem XXL Garfield T-Shirt schlich ich unter Zuhilfenahme der Flurwand langsam Richtung Haustür und schielte vorsichtig durch den Türspion. Wer in Herrgottsnamen ist das???? Vor meiner Tür stand ein ca. 30-jähriger, sympathisch aussehender Typ, in Jeans und T-Shirt, mit Brötchentüte und 'ner Rose in der Hand. Häh? Wer um Himmels willen ist das??? Aber wie auch immer die Antwort auf diese Frage lauten möge: In diesem Aufzug konnte ich ihm auf gar keinen Fall die Tür aufmachen. Nie nicht. Ich schlich also – wieder unter Zuhilfenahme der Flurwand – zurück in mein Schlafzimmer, schnappte mir unterwegs das Telefon aus der Ladestation, schloß so leise es ging die Schlafzimmertür und versuchte mich lautlos unter der Bettdecke zu verkrümeln, während ich Siggis Nummer wählte. Nach etlichen Klingeln ging der Anrufbeantworter an (ich glaube, Siggi und ich sind die einzigen Personen die nebem dem Museum noch solche Dinger besitzen, aber wir hängen halt dran...), aber davon ließ ich mich nicht abschrecken. Ich wisperte so leise wie möglich – aber laut genug, damit Siggi es hören konnte „Siggggggiiiiiiiii, nimmt den verdammten Hörer ab. NOTTFAAAAAALLLLL!"

Half alles nix, sie nahm nicht ab. Ich legte auf und wähle wieder und wieder, in vollem Bewußtsein, daß sie das nervtötende Telefongebimmel nicht ewig ertragen konnte und früher oder später Richtung Telefon krabbeln würde um dem Horror ein Ende zu machen. Gleichzeitig schellte es erneut an meiner Wohnungstür.

„Waswillsu?" Ah.. ich hatte es geschafft. Siggi war wach.

„Siggi, Siggi, Notfall, vor meiner Tür steht ein Typ mit Rose und Brötchentüte. Wer ist das????"

„Woher soll ich wissen wer das ist, wenn ich mich noch nicht mal erinnern kann wer ich bin?"

„Siggi, denk nach, wer könnte das sein?" Ich wünschte mir Bildtelefon herbei, dann könnte ich den Telefonhörer an den Spion halten und Siggi könnte mal gucken. Ging aber nicht, also versuchte ich, meinen unbekannten Besucher zu beschreiben. In dem Moment hörte ich, wie er die Treppe runterging und kurz darauf die Haustür hinter ihm ins Schloß fiel.

„Wird wohl Peter sein, oder? Tom jedenfalls nicht, der frühstückt wohl eher mit Sophia" ließ Siggi verlauten.

Na danke für den Tip. Am besten ich schmeiß ´ne Bombe ins Stockwerk unter mir. Nur.... halt, dann würd das ganze Haus zusammenstürzen und damit auch der erste Stock in dem ich wohne. Also doch nicht.

„...Äh.... und wer ist Peter?" Ich luscherte vorsichtig durch die Schlafzimmergardine und konnte gerade noch sehen, wie Peter – wer auch immer das sein sollte – ins Auto stieg und davon fuhr.

„Mensch Paula, Peter hat uns gestern den ganzen Abend mit Prosecco versorgt! Er war der Kellner! Kommt die Erinnerung wieder?"

Oh Scheiße, ein blitzartiger Schmerz schoß durch meine Gehirnwindungen als langsam aber sicher die Erinnerung wieder kam. Irgendwie hatte ich auf Teufel komm raus mit dem Kellner geflirtet um Tom eifersüchtig zu machen. Hat natürlich nicht geklappt. Also hab ich dann noch mit den Mädels wilde Tanzeinlagen aufs Parkett gelegt. Oh... und dann....

„Siggi... mir drängt sich gerade ein Bild auf, wie Stella und ich mitsamt dem Stehtisch umkippen und alle glotzen uns entgeistert an. Das hab ich jawohl hoffentlich nur geträumt, oder?"

„Nun ja.... wenn ich nicht diese böse Schürfwunde am Bein hätte, als ihr mich unter dem Tisch begraben habt, dann könnte ich mich sicherlich nicht mehr dran erinnern, aber.... na ja.... ich muß Dir leider sagen, es war so. Und Peter war dann so lieb, und hat uns schnell hochgeholfen."

„Oh mann", aber sag mal Siggi, hab ich den Typen zum frühstücken eingeladen oder was?!"

„Ein Wunder, daß er nicht bei Dir übernachtet hat. Du hast wild mit ihm rumgeknutscht! Muß ja ein Mann von Ehre sein, daß er die Gelegenheit nicht ausgenutzt hat, Dich Schnapsleiche abzuschleppen."

„Oahh......" Ein Wimmern kroch aus meiner Kehle. „Wie schrecklich......."

„Jammer nicht rum Paula, das ist ein ganz feiner Kerl, glaub ich. Das solltest Du Dir mal gut überlegen ob Du nicht lieber von Tommi-Boy ab- und Dich dafür mit Peter einläßt."

„Oahh......" jammerte ich und wand mich in qualvoller Erinnerung an die Peinlichkeiten der letzen Nacht in meinem Bett.

Wir verabredeten, uns am Abend im Ramazotti, einem der angesagtesten Edelitaliener der Stadt, zu treffen. Ich versprach, noch Stella und Caro Bescheid zu sagen. Ins Shooters wollte ich auf keinen Fall, da ich mich natürlich davor drückte, mit Peter – der sicherlich wieder da kellnerte – konfrontiert zu werden.

Nachdem ich noch ein ganzes Weilchen im Bett rumlungerte, quälte ich mich irgendwann doch noch langsam hoch, schlurfte wieder Richtung Wohnungstür und schielte vorsichtig durch den Türspion. Die Luft war definitiv rein, aber irgendwas lag da. Vorsichtig öffnete ich die Tür und stierte auf die Fußmatte, auf der die Brötchentüte und die Rose lagen. Auf der Brötchentüte war mit Kuli „Guten morgen Paula" geschrieben. Beschämt nahm ich die Sachen mit in die Wohnung und stellte die wunderschöne, langstielige rote Rose ins Wasser. Neugierig guckte ich in die Brötchentüte. Leeecccckkkkkkerr!!!!!!!!! Alles was das Herz begehrte: Hörnchen, Schokocroissant, Franzbrötchen, Roggenbrötchen... wer sollte das nur alles essen. Naja, eigentlich hatte er sich wohl gedacht, da auch was von abzukriegen. Hm... na, zu spät, nun ist er weg. Ich kochte Kaffee und ließ es mir dann mit ´ner Frauenzeitschrift und den Leckereien ordentlich gut gehen.

Nachdem ich die Wohnung ein bißchen auf Vordermann gebracht hatte, zwängte ich mich total angespornt durch die Superschönheiten in der Zeitschrift in mein Sportdress und fuhr ins Fitnesscenter. Ich bezweifle, daß die Leute dort mich in meinem „normalen" Leben überhaupt erkannt hätten, da ich ungeschminkt, unfrisiert und im Sportdreß ein völlig anderer Mensch war – insbesondere nach so einer Nacht von den Menschen im Margarine-Werbespot weiter denn je entfernt. Ich ging durchs Studio in den Umkleideraum, stopfte meine Tasche in den Spind und ging in den Aerobic-Raum. Ach je.... wie ich die Minuten des Wartens auf den „Feldwebel", der uns eine Stunde durch die Bauch-Beine-Po-Hölle führen wird, doch hasse. Man sitzt mit den anderen Mädels (vereinzelt auch Männer, man soll es nicht glauben) ziemlich tranig und nicht wirklich motiviert auf der blauen Gummimatte und egal wohin man guckt, in dem völlig verspiegelten Raum gibt es keinen Ausweg. Man sieht eine problemzonenbehaftete junge Frau (nämlich einen selbst!), die gelangweilt auf ´ner Gummimatte sitzt. Und das ganz entzückende Fitnessdress sah irgendwie auch schonmal vorteilhafter aus, oder?! Endlich ist dann der Moment da, wo man sich nicht mehr über das eigene Spiegelbild ärgern muß, sondern seine Aufmerksamkeit auf den Feldwebel, der mit dermaßen viel Energie den Raum betritt, daß man am liebsten wieder gehen will, lenken kann. Er oder sie bellt dann befehlshaberisch durch den Raum, was man alles für (Folter-)Gerätschaften braucht, so daß die gehorsamen Fitneßjünger sich träge von ihren Matten erheben und mürrisch in den Geräteraum gehen, um wenig später beladen mit Hanteln und Bändern jeglicher Farbe und Gewicht wieder rauszukommen.

Der Feldwebel hetzte uns gerade in der worming-up-Phase quer durch den Aerobicraum, als mein Blick – oh graus – draußen vor der Tür Tom erspähte (seit wann ist der hier im Fitneßstudio?), der mich grinsend beobachtete, wie ich mit hochrotem Kopf von links nach rechts peste. Just in dem Moment – ich drehte mich gerade blitzschnell wieder von Tom weg - kamen mir die anderen Fitneßjünger schon wieder entgegen. Ich hatte den Richtungswechsel durch meinen „Tom-Schock" nicht mitbekommen, so daß ich jetzt frontal mit dem Mädel zu meiner linken zusammenknallte, so daß wir beide durch die um unsere Beine getüdelten Gummibänder (gut gegen Cellulite!) arg ins Straucheln gerieten und schließlich lang hinschlugen. Wenn es gestern abend im Shooters schon peinlich war, dann ist das jetzt der Abgrund der Peinlichkeiten. Aus den Augenwinkeln sah ich noch, wie Tom anscheinend gerade einem der Jungs (ja, sind die etwa alle hier Mitglied??) lachend erklärte, wie es zu dem Zusammenstoß kam, als schon der Feldwebel angewetzt kam um zu klären, ob irgendwelche Knochenbrüche vorliegen. Als ich wieder aufsah war Tom weg.

Während des Rests der Stunde schielte ich immer wieder vorsichtig nach draußen – achtete aber gleichzeitig auf andere etwaigen möglichen Zusammenstöße (bin eindeutig multitasking) –, doch zum Glück war von Tom weit und breit nichts mehr zu sehen. Nach der Stunde eilte ich flugs mit gesenktem Blick in den Umkleideraum, holte in blitzartiger Geschwindigkeit meinem Kram aus dem Spind und peste wie von der Tarantel gestochen aus dem Studio. Ich glaube, ich habe auf dem Weg nach Hause (Speedy Gonzales) mehr Kalorien verbraucht, als in der gesamten Bauch-Beine-Po-Stunde. Atemlos kam ich zu Hause an und ließ mich frustriert vornüber mit meinem durchgeschwitzten Sportdreß aufs Bett fallen und versank erstmal in einer schweren Selbstmitleidskrise.

Um Punkt 20.00 Uhr am gleichen Abend betrat ich – wieder absolut guter Dinge - mit selbstsicherem Lächeln das Ramazotti. Eine meiner wenigen guten Eigenschaften (wird doch wohl nicht etwa die einzige sein?), war mein positives Wesen. Egal in welch tiefes Loch der Peinlichkeit oder des Selbstmitleids bis hin zur Depression ich stürze – innerhalb kürzester Zeit habe ich wieder „Oberwasser", wie man so schön sagt.

Nachdem ich eingesehen hatte, daß ich nicht für den Rest meines Lebens gramgeschüttelt im durchgeschwitzten Fitnessdress in meinem Bett liegen bleiben konnte – o.k., o.k., das langsam aufkeimende Hungergefühl hat auch das seinige dazu beigetragen –, hievte ich mich aus den Federn, ging duschen und rief – während die Feuchtigkeitsmaske ihre Wirkung tat - bei Stella und Caro an. Klar hatten die beiden Lust mit ins Ramazotti zu kommen und so bestellte ich uns zur Sicherheit auch gleich telefonisch ´nen Tisch, damit an dem „luschdigen" Frauenabend auch nichts mehr schiefgehen konnte.

Einige Stunden später ging ich also zielstrebig (und stolz wie Oskar) in meinen neuen Louboutin Lackpumps auf den mich charmant anlächelnden ähh ...Platzzuweiser? Kellner?... was auch immer zu. Heute war es zum Glück mal wieder nicht ganz so heiß, so daß ich voller stolz den vor kurzem super reduziert erstandenen schwarzen Boss Hosenanzug trug. Die Hose war gerade geschnitten, umspielte locker meine Beine und war so lang, daß die Schuhe nur bei genauerem Hinsehen zu erkennen waren (aber keine Sorge, ich würde den übrigen Gästen genug Chancen geben, sie zu bemerken!). Mein Dekolleté hatte ich großzügig mit Glitzer-Creme eingeschmiert und sogar meine Haare schienen es unhöflich zu finden, bei so einem Outfit zu rebellieren, und fügten sich artig ganz untypisch meinem Willen. Ich fühlte mich also nahezu wie ein Topmodel auf dem Laufsteg, als ich dem – nennen wir ihn also mal salopp Platzzuweiser – am Stehpult im Eingangsbereich mit gekonntem Hüftschwung entgegenging und ihm souverän „reserviert für Freitag" entgegenhauchte. Der nette Herr deutete eine Verbeugung an, nuschelte irgendwas, was sich anhörte wie „herslischwillgommen" und geleitete mich ins Restaurant hinein.

Während ich Giovanni – er hatte sich mir inzwischen vorgestellt – zu unserem Tisch ziemlich mittig im Restaurant folgte, umspielte ein wissendes Lächeln meine Lippen, denn ich war mir selbstverständlich darüber im klaren, daß jeder – wirklich jeder – in diesem Raum mir verzückt hinterhersehen würde. Während ich also lächelnd und hüftschwingend hinter Giovanni herschritt, konnte ich ja schlecht neugierig durch den Raum stieren – das hätte mein divenhaftes Auftreten sofort ruiniert. Wenn Julia Roberts auf einem Gala Diner erscheint glotzt sie ja schließlich auch nicht wie von der Tarantel gestochen durch den Raum. Ich zügelte mich also und, am Tisch angekommen, setzte ich mich elegant auf den Stuhl, den Giovanni mit zurechtrückte, bestellte gleich eine Flasche Prosecco   – nicht kleckern, klotzen! –, und schielte vorsichtig unter meinen dreifach getuschten Wimpern in die Runde. Na Toll! Anscheinend hatte kein Arsch meine Anwesenheit überhaupt registriert. Die Leute quatschten, turtelten, prosteten sich zu, aßen genüßlich, aber niemand – wirklich niemand – guckte interessiert in meine Richtung. Gnumpf..... aber zum Trübsal blasen hatte ich keine Zeit, gerade stakste Siggi vorsichtig hinter Giovanni in ihren neuen Schläppchen in Richtung unseres Tisches und grinste mich schon freudig an. Giovanni hatte anscheinend Erfahrung mit Frauen. Er ging so langsam, daß Siggi die Chance hatte, heil auf den Schlappen zu unserem Tisch zu kommen. Die gefährlichen – aber vermuckt reizenden – Dinger bestanden praktisch nur aus Sohle und einem einzigen straßbesetzten Riemen, der direkt über die Zehen verlief, so daß man die Schuhe eigentlich nur schlurfend über den Fußboden ziehen konnte – wie Skier quasi. Aber sahen extrem gut aus. Dazu trug Siggi ein eng sitzendes weißes Smokinhemd zu einer schlichten schwarzen Anzughose – mit Litze an der Seite! Meine Herren. Endlich bei mir angeschlurft, äh angekommen, schmiß Siggi sich erleichtert auf den Stuhl mir gegenüber und sah beglückt dem von der anderen Seite sich uns nähernden Kellner mit der Proseccoflasche auf uns zukommen. Genau richtiges Timing. Sittsam wartetet wir, bis uns der Kellner – Luigi, „meine Damen, ich bin heute abend für Ihren Tisch zuständig, wenn es irgendwas gibt, was ich für Sie tun kann, zögern Sie nicht, es mir zu sagen" – die Gläser gefüllt und sich von dannen machte, und stießen – klirr – erstmal auf 'nen guten Abend an. In dem Moment sahen wir schon wieder Giovanni mit Caro und Stella im Schlepptau auf uns zukommen. Die beiden zogen ein Gesicht wie sieben Tage Regenwetter, und wir sahen auch gleich warum. Ich konnte mir mein Lachen kaum verkneifen. Die beiden hatten anscheinend „Ein-Kopp-ein-Arsch"-technisch im Schlußverkauf zugeschlagen und trugen exakt das gleiche Oberteil, ein mintfarbenes Chiffonblüschen! Hah!!! Wie peinlich! Ich schnappte mir blöde grinsend die schon bereit stehenden Gläser und füllte sie – zum Mißfallen von Luigi – schnell selbst auf, so daß die Beiden, gerade am Tisch angekommen, ihren jeweiligen Ärger gleich runterspülen konnten und keine Zeit hatten, mit ihrem gegenseitigen Angemotze fortzufahren.

„Mädels... jetzt nehmt's nicht so tragisch, sondern verratet uns erstmal wo ihr diesen oberscharfen Fummel herhabt und was ihr dafür noch locker machen mußtet" fragte ich neugierig. „Daß ihr Euch unabhängig voneinander für das gleiche Blüschen entschieden habt, zeigt doch nur Euren astreinen Geschmack" süßholzraspelte ich, um die Stimmung hochzureißen. Voller Erfolg. Schon hob sich auch bei Caro die Stimmung wieder. Sie schmiß ihre langen roten Locken nach hinten und begann ausführlich von ihrer Shopping-Tour letzte Woche zu berichten. Und sie ließ – wie grausam – keine Einzelheit aus. Auch Stella erzählte uns alles von den beglückenden Stunden ihrer Shoppingexkursion. Selig lächelnd hingen wir schier an ihren Lippen (Lagerverkauf bei Louis Vuitton! Wieso wußte ich nichts davon?), als Luigi schon wieder – ja kann der lautlos schweben – neben unserem Tisch erschien und die Bestellung aufnehmen wollte. Wir entschieden uns vorweg für eine riesige Auswahl Antipasti (Hausplatte á la Chef) und danach wollten wir uns dem Verfettungstod durch hausgemachte Teigwaren mit sicher nicht kalorienreduzierte Saucen opfern. Ich fragte mich kurzfristig, ob die horrende Zahlenreihe neben meinem Gericht in der Karte die Kalorienzahl war, stellte dann aber erleichtert fest, daß es sich bloß um den Preis handelte.

Noch bevor die öltriefende Antipastiplatte kam hatten wir die erste Flasche Prosecco schon vernichtet und waren gerade dabei, die zweite zu beginnen, als Siggi uns wild fuchtelnd in unserem Weibergeschwätz unterbrach.

„Pst...Mädels.... jetzt haltet Euch fest. Ihr glaubt ja nicht, wer da hinten sitzt. Dreht Euch jetzt nicht um."
Prompt drehten wir uns natürlich alle um, was bei Siggi ein leichtes Aufstöhnen und Augenrollen hervorrief. Das einzig unpraktische an den wundervollen Plätzen in der Mitte des Ramazottis ist, daß man eine doch recht üble Sichteinschränkung für das jeweils direkt hinter einem liegende hat. In dem Moment, wo ich mich – noch lächelnd – umdrehte, schoß mein Kopf auch schon – panisch – zurück.

Peter!

„Ah...... was mach ich jetzt?! Schnell, schnell....... laßt uns das Lokal wechseln, mir ist plötzlich viel mehr nach Griechisch!" viepte ich hektisch und versuchte gleichzeitig, mich auf meinem Stuhl so zusammensacken zu lassen, daß mein Kopf vollständig hinter der Lehne verschwand. Ich mußte leider feststellen, daß ich, um dieses Ziel zu erreichen, dann schon völlig unter den Tisch kriechen müßte und gleichzeitig brabbelten die Mädels zu meinem Unglück auch noch „zu spät Paula, er hat Dich schon gesehen" und „Bleib ganz locker, er kommt."

Ahhhhhhhh...........
„Hallo zusammen, hallo Paula." Verdammt. Er war da. Ich rappelte mich aus meiner Schrumpfhaltung wieder hoch und merkte, wie mein Gesicht langsam aber sicher die Farbe einer Fleischtomate annahm, vielleicht auch schon chillischotenartig.
„Hallopeter" nuschelte ich unverbindlich und harrte der Dinge, die da kommen. Zum Glück war ich ja nicht allein. Mein treues Gefolge war bei mir und würde mir beistehen, was auch geschah.
„Ach, ich glaub, ich geh mir mal die Lippen nachziehen" sagte Caro da gerade „kommst Du mit Stella?" „Wartet, ich komm auch mit" hörte ich da Siggis Stimme und weg waren sie. Von wegen treues Gefolge, wohl eher Fahnenflucht. Ich muß auch meine Lippen nachziehen hätte ich am liebsten gerufen und wäre den Zimtzicken hinterhergerannt, aber Peter hatte sich schon mir gegenüber auf Siggis noch warmen (Verräter-)Stuhl gesetzt und guckte mich an.

„Hey... na wie geht's?" sagte er.
„Och.....gut."
„Ich war heute morgen bei Dir. Wir wollten doch zusammen frühstücken, hast Du´s vergessen?"
„Och........ ich hab noch geschlafen."
„Hab ich mir auch schon gedacht. Aber wir können das ja vielleicht nochmal versuchen. Würde mich freuen. Vielleicht ja mor...."
„Eigentlich frühstücke ich morgens ziemlich selten, nie sogar" fiel ich ihm hastig ins Wort.
„Ach so.... na aber Abendessen tust Du, wie ich sehe, vielleicht können wir das ja mal zusammen machen."
„Ja.... gerne...... ab Montag mach ich aber erstmal buddhistisches Heilfasten....... hab mir da kein genaues Ziel gesetzt..... ich dachte so an 12 Wochen oder so...."

stammelte ich vor mich hin. Gott..... wie sollte ich den bloß los werden. Siggi mochte ja recht haben, daß er ganz nett ist, aber ich wollte Tom, Tom, Tom, und nochmals Tom. Basta.

„Ach so......" Oh man. Jetzt bekam ich ein schlechtes Gewissen, als ich in seine grün-braunen Augen sah, die mich so traurig anguckten.

„Na ja..... Du kannst ja mal Bescheid sagen, wenn Dir nach Gesellschaft ist oder Du .... wieder Hunger hast" sagte er und stand auf. Uff......... endlich ging er. „Also Euch noch viel Spaß." „Ja, Dir auch" sagte ich und lächelte ihn unverbindlich an, während er wieder zu seinem Tisch zurückging.

Siggi, Caro und Stella rannten fast Luigi um, der gerade dabei war, für den Nachbartisch einen Wein zu entkorken, als sie wieder an unseren Tisch zurückstürmte. Pah.... sollten sie doch vor Neugierde vergehen.... ich würde ihnen nichts erzählen, den Verrätern, kein einziges Wort würde über meine Lippen kommen.

„Los Paula, erzähl...." Na gut, Geheimniskrämerei ist nicht meine Stärke, ich erzählte also alles brühwarm und detailgetreu.

Wir hingen tratschend über der Antipastiplatte, als Giovanni mit einer – nennen wir sie „Göttin" an unserem Tisch vorbeirauschte. Drei Engel für Charlie in einer Person würde ich sagen. Der Neid ließ mich blaß werden. Ich verdrehte mir fast den Hals, um zu gucken, zu wem sie sich an den Tisch setzte und hätte mir fast vor Schreck das Genick gebrochen, als ich sah, daß sie sich an Peters Tisch niederließ. Wie? Was? Wo? Was macht die bei Peter? Ist kein anderer Platz mehr frei und sie muß sich zu ihm setzen? Oder was? Ich schielte neugierig zu dem Tisch hinten in der Ecke und mußte feststellen, daß Peter aufstand und die blonde Frau mit Küßchen auf die Wange begrüßte und die Beiden vertraut zu plauschen anfingen.

„Paula, stier da nicht so hin, das fällt auf" vernahm ich Caro.

Schnell drehte ich mich wieder um. Hm..... war mir irgendwas an ihm nicht aufgefallen? Was wollte denn diese Schönheit von ihm? Wenn man's genau nimmt, könnte ich jetzt da mit ihm sitzen.

„Ja.... jetzt wurmt's Dich, was?" Siggi... die muß aber auch immer ihren Senf dazu geben.

„Quatsch... was soll mich denn wurmen?"

„Selbst Schuld. Gerade eben war er noch hier und Du hast ihm voll ´nen Korb gegeben. Heute morgen schon versetzt..."

„Ach... hör auf... ich will nicht's von dem, das wißt ihr doch."
Schnell kippte ich mein Glas Prosecco runter und suchte Blickkontakt mit Luigi, der auch gleich verstand und mit ´ner neuen Buddel Prosecco anmarschierte.

Zwei Stunden später, 7.000 verspeister kcal schwerer und bei der vierten Flasche Prosecco angelangt sah ich, wie Peter mit der unbekannten Schönen das Restaurant verließ. An der Tür drehte er sich nochmal zu mir um, lächelte und zwinkerte mir zu. Kaum schlug die Tür hinter ihm zu brüllten die Mädels schon alle durcheinander und redeten wie wild auf mich ein und jede war natürlich am klügsten und wußte am besten Bescheid über die Irrungen und Wirrungen, ob ich nun was von Peter wollte, ob Peter was von mir wollte, wer die unbekannte Schöne war und warum es Moussee au Chocolat nicht auch in kalorienarm gab. Luigi war zu diesem Zeitpunkt schon unser bester Freund geworden und kam auf den kleinsten Fingerzeig mit der Grappa-Flasche an unseren Tisch (medizinische Notwendigkeit wegen der Verdauung). Zu Luigis Leidwesen nötigten wir ihn bei jeder Runde Grappa, einen mitzutrinken, so daß der arme Kerl inzwischen Dinner-for-one-technisch auf unseren Tisch zugeschliddert kam und sich dabei den einen oder anderen pikierten Blick der übrigen Gäste einfing. Das schien ihn aber nicht im Geringsten zu stören, ganz im Gegenteil schien er großen Gefallen daran zu finden, denn gerade wieder bei seinem Königreich (dem Tresen) angekommen, winkte er schon grinsend mit der Grappa-Flasche und hoffte auf ein Zeichen unseres Einverständnisses.

Wir schwenkten mal wieder fröhlich unsere leeren Gläser, woraufhin sich Luigi freudestrahlend mit der Flasche bewaffnet wieder auf den Weg zu unserem Tisch machte (mit kurzen schwankenden Abstechern nach links und rechts). Zu diesem Zeitpunkt waren wir außer einem verliebten Pärchen hinten am Ecktisch die letzten Gäste, was wohl der einzige Grund war, warum uns der schon leicht säuerlich guckende Herr des Hauses nicht schon vor die Tür gesetzt hat.

„Zennniorrrrinnaaass muuui belliiiiiiiissssima......" lallte unser neuer Lieblingskellner und schwappte spendabel den Grappa in unsere Gläser.

„Wech mit der Pfüüdzzä" nuschelte Siggi, „jawollll, wech damidd" pflichtet Stella ihr bei und wir fünf (mit unserem neuen besten Freund) kippten in vertrauter Runde den Grappa weg.

.

„Luuiiiidji...... nu sach mal, was meinscht Du zu där verfahhhrenän Siduation vonnä Paula" wollte Caro wissen, sichtlich froh, den Satz linguistisch einigermaßen richtig rausbekommen zu haben.

Luigi wollte gerade mit seiner unheimlichen Weisheit um sich schmeißen als Stella schrie „darauw dringen wir ainen."

„Äh.... ja, darauw dringen wir ainen" fielen wir ein. Scheißdrauf. Wodrauf auch immer.

Entweder waren wir dabei sämtliche Grappavorräte vom Ramazotti zu vernichten oder der Chef hatte einfach endgültig die Nase voll, jedenfalls stand er plötzlich an unserem Tisch, strafte Luidji - äh Luigi - mit einem vernichtendem Blick und säuselte „Meine Damen, Sie müssen entschuldigen, aber wir wollen jetzt schließen..." Hm...... Spielverderber.... wir bezahlten also die – kreisch – horrende Rechnung, verabschiedeten uns überschwenglich von Luigi und ließen uns – dann doch irgendwie müde – ins vor der Tür wartende Taxi fallen. Sämtliche Bedienstete des Ramazotti standen an der Tür und winkten uns nach. Ich war mir nicht sicher, ob sie uns alle so schrecklich lieb gewonnen hatten oder ob sie nur froh waren, daß endlich Feierabend war. Als ich aus dem Taxi kraxelte hatte sich die Bettschwere meiner vollends ermächtigt. Ich streifte meine Louboutins von den geschwollenen (war das schon die Sahnesauce?) Füßen und freute mich aufs Bett. Ich schloß die Haustür zum Flurbereich auf – na gut... im Dunkeln trifft man auch nüchtern nicht immer gleich das Schloß – und wollte gerade die Treppe zu meiner Wohnung hochgehen als im Erdgeschoß bei Sophia die Tür aufging und ...... Tom erschien!
„Hey Paula" ... und gucke mich von oben bis unten und wieder zurück an. An meinem offenherzigen Dekolleté blieb er ganz schön lange hängen.
„Hallo Tom" ich überlegte fieberhaft nach einem plausiblen Grund, was er bei Sophia gemacht haben konnte. Z.B. kein Zucker und die Nachbarn verreist, so daß er zu Sophia gehen mußte. Vorher hat er sicher bei mir geklingelt und ich war nicht da. Oder Sophia hat ihn angefleht, kurz vorbeizukommen, er hat gesagt, er vergöttert mich aber

kommt kurz vorbei, damit sie nicht von der Brüstung springt – ach nee.... sie wohnt im Erdgeschoß. Noch so in Überlegungen vertieft sah ich wie sich Sophia neben ihn schob – nur im Bademantel!

„Hallo Süße! Wo kommst Du denn so spät her? Siehst ja mitgenommen aus, Deine Wimperntusche ist ganz verschmiert."

Grrrrrr......... Ob ich jetzt bei einem Mord mildernde Umstände bekäme? Ich beschloß, den Beiden nicht länger meinen desolaten Zustand zu präsentieren, murmelte ein „gute Nacht" und stiefelte die Treppen zu meiner Wohnung hoch. Verärgert ballerte ich extralaut die Haustür hinter mir zu, entledigte mich meines Designeranzugs, ließ mich todmüde ins Bett plumpsen und träumte davon, daß Tom morgens um 2.00 Uhr aus meiner Haustür kam und ich im Bademantel dastehen würde.

Ich erwachte vom Kingeln des Telefons am nächsten Morgen ....äh.. na gut. 12.00 Uhr zählt wohl eher als Mittag.

„Schnfreitag" versuchte ich mich mit der merkwürdigerweise völlig zusammengeklebten Sprachapparatur in meinem Gesicht zu melden.

„Hallo Kind. Mutti hier. Jetzt mußt Du Dich aber bald mal auf den Weg machen!"

Weg?? Was für'n Weg?

„Der Puter ist schon fast durch und auch die Kartoffeln sind so gut wie gar. Wenn Du nicht bald da bist, wird uns der Puter noch zäh und Du weißt ja, wie knatschig Vaddi dann wird!"

„Mutti..... ich hatte doch gesagt, laß uns vor Sonntag nochmal telefonieren. Eigentlich paßt es mir heute gar nicht so gut."

„Papperlapapp. Was soll einem denn am Sonntag Mittag nicht passen wenn es Puter mit Rotkohl und Kartoffel gibt.

Oh... jetzt klingelts auch noch an der Tür.... hoffentlich wird mir jetzt die Sauce nicht klumpig.... Kind, sieh zu, daß Du herkommst. Aber ras nicht so. Fahr schön vorsichtig."
Rummms. Aufgelegt. Scheiße.
Ich schmiß mich schnell in den nächsten Sessel, da meine Beine zu versagen drohten. Alleine der Gedanke an Hausmannskost krempelte meinen Magen von außen nach innen und zurück. Mein Schädel hämmerte, die Augen taten mir weh. Alles in allem war ich in übelster Verfassung und ich sehnte mir nichts sehnlicher als ZURÜCK INS BETT!!!!!

Ich blies noch eine Weile Trübsal, bemitleidete mich selbst und schleppte mich dann widerwillig ins Badezimmer. Der Blick in den Spiegel konnte mich auch nicht wirklich aufmuntern (im GEGENTEIL!) und als ich dann noch entgegen jeglichem besseren Wissens auf die Waage stieg, war's echt vorbei mit lustig. WAAAAASSSS!?! Ich kann jetzt nicht zu Mutti und Papi Puter essen. Ich muß ins Fitneßstudio. Morgen früh muß ich mindestens 5 kg weniger auf die Waage bringen. Alles andere ins vollkommen inakzeptabel!!!

½ Stunde später saß ich im Auto und zuckelte mit moderatem Tempo über die Landstrasse in Richtung elterliche Heimat. Ich hatte mich nur kurz geduscht, die nassen Haare zu einem Zopf geknotet, einen Zentner „ich will mich wohlfühlen"-Feuchtigkeitscreme ins Gesicht geschmiert und den Look im Ganzen rundete dann noch mein super schnuddeliges „ich paß leider in nichts anderes mehr"-Joggingoutfit ab. Mit diesem recht lieblichen Erscheinungsbild kam ich dann gegen 13.00 Uhr die Auffahrt meiner Eltern hochgeschlurft (meine Füße sind tatsächlich auch verfettet, zum Glück gibt's Crocs). Ich war noch nicht ganz an der Tür angekommen, als meine Mutter die selbige auch schon beherzt aufriß.

„Kiiinnndd" und drückte mich stürmisch und mit „Tüschern" überhäufend an sich.

„Ich dachte schon, es ist was passiert, weil Du so spät kommst! Veronica ist auch da. Ist das nicht schön?" und mit diesen Worten schob sie mich durch die Tür.

„Und sie hat auch ihren neuen Freund mitgebracht" flüsterte sie mir noch zu und schon standen wir im Eßzimmer.

„Essen fassen Kiiiiinnnnder. Die Paula ist nun auch endlich da" trällerte sie in den Raum. Vaddi saß in dem angrenzenden Wohnzimmer auf der Couch und las Zeitung. Vero und ihr Neuer begutachteten im wiederum daran angrenzenden Wintergarten Muttis Kakteensammlung („guck mal Kind, den hab ich mal als Ableger bei ´ner Ausstellung geklaut, und nun blüht er, ist das nicht toll?!). Beim dem Wort „essen" warf Vaddi promt seine Zeitung beiseite und stürmte ins Eßzimmer.

„Hallo Dicke" begrüßte er mich liebevoll. „Spät kommst Du, aber Du kommst."

„Hi Dad."

Grrrrr...... wieso nannte er Vero nie „Dicke"? Hm... nun, wahrscheinlich weil sie ein zartes zerbrechliches Wesen war... zum Kotzen. Noch so in Gedanken stolzierte das zarte zerbrechliche Wesen auch schon im perfekten Sonntag-Mittags-Ensemble auf mich zu (spießig). Der Traum jeder Schwiegermutter sozusagen. Zur lockeren hellen Leinenhose trug sie ein hellblaues cashmere Twinset. Ihre dunklen langen leicht gewällten Haare (wieso hatte sie die bekommen?!?) fielen ihr locker auf die Schultern.

„Paula, arbeitest Du bei einem Projekt „Das Leben auf der Straße" oder so ähnlich mit? Wie siehst Du denn aus? Ach... Du kennst ja Philip noch gar nicht." Sprachs, und schob den blonden Jüngling in mein Blickfeld. Paßte genau zu meiner Schwester. Der Typ sah aus, als ob seine Eltern vom alten Adel seien und ein gutgehendes Gestüt leitete. Sein locker um die Schultern drapierter Pulli hatte schon leichte Schieflage und ich fragte mich, wie lange er sich noch halten würde und wartete hämisch und schadenfroh darauf, daß er sich komplett lösen und in den Rotkohl rutschen würde. Philip starrte mich an, als ob er sich fragen würde, ob es wirklich sein kann, daß ich mit Vero verwand bin. Ich fühlte mich in diesem Gedanken bestätigt, als er völlig verwirrt auf die links von uns hängenden Fotos schielte und an dem Bild vom letzten Jahr Weihnachten haften bliebt, das mich neben Vero zeigte. Ich gebe zu, für ein ungeübtes Auge nicht wirklich leicht, mich in ungeschminkten, ja schier völlig verwahrlostem Zustand wiederzuerkennen. Hey... vielleicht sollte ich mich mal für vorher/nachher Fotos bewerben. Mal im Ernst. Wir sind doch alle ganz verzückt, wenn es so Paradebeispiele von Frauen gibt, die man nach der Verwandlung kaum mehr wiedererkennt. Und um so enttäuschter sind wir, wenn jemand sich kaum merklich verändert. Die nehmen mich bestimmt und ich kann mir dann ein Outfit für umsonst aussuchen. Klasse.

„Kinder, jetzt setzt Euch doch endlich, das Essen wird doch kalt."
Mutti hatte sogar das gute Geschirr aufgedeckt. Meine Herrn.... das mußte jawohl zu Ehren von Philip sein. Und der Gute wußte gar nichts von dieser Ehre. Ansonsten kam das gute Geschirr nämlich nur Weihnachten, mit Glück noch an Geburtstagen und ganz selten zu Sylvester auf den Tisch.

„Los Dicke, reich mir doch mal die Geflügelschere."

Normalerweise hatte ich mich ja wirklich an diese Betitelung gewöhnt, Dad meinte das ja auch nicht böse, aber heute, in Anbetracht meines schäbigen Aufzugs und der Anwesenheit von Vero und Philip im Saubermanndress könnte ich mir allerdings passendere Kosenamen vorstellen.

„Philip. Erzählen Sie doch mal, was Sie so machen." Mutti wieder. Aber ich schwöre, ich hätte die Worte die er sprach schon mit den Lippen vorbeten können.

„Frau Freitag, ich studiere Jura, zusammen mit Veronica, da haben wir uns ja auch kennengelernt."

„Hach .... wie schön" flötete Mutti. „Alles Anwälte in spe hier... und die Paula arbeitet auch beim Anwalt."

Toll Mutti.

„Paula ist Sekretärin" fühlte Vero sich berufen zu erklären.

Grrrr..... Ich schaufelte mit gerade den Teller so richtig voll. Mein Übelgefühl war inzwischen einem Bärenhunger gewichen.

„Paula... meine Güte, hau Dir doch nicht den Teller so voll. Du kannst doch nachnehmen..... Vero.... ist das alles was Du ißt, Kind, Du fällst mir noch vom Fleisch. Philip, achten Sie bloß drauf, daß meine Vero nicht verhungert. Hahaha..."

Toll...... ach wär ich doch im Bett geblieben. Wieso kann ich jetzt nicht hier im super-Tochterdress mit nettem Schwiegersohn in spe am festlich gedeckten Sonntags-Tisch sitzen? Dad schien meine Gedanken zu lesen. Ich glaube Philip war nicht ganz sein Fall. Eigentlich stand er ja mehr auf den kernigen Typ. Am liebsten sogar im Blaumann. Und Philip war nun wirklich genau das Gegenteil. Der drückte sich dermaßen geschwollen aus, daß ich mich wunderte, daß er sich nicht bei jedem dritten Wort auf die Lippe biß. Während Mutti gebannt dem Juristendeutsch der beiden angehenden Anwälte lauschte, hauten Vaddi und ich uns vertraulich zuzwinkern den Puter zwischen die Kiemen.

Nachdem wir das arme Geflügeltier vernichtet hatten (zum Glück hatte ich mich für die Jogginghose entschieden. Hah....kein Wunder das Vero ißt wie ein Spatz, die kriegt nix runter, weil ihr wohl die Hose kneift. So locker sitzt die nämlich doch nicht), kramte Mutti doch allen Ernstes noch Vanilleeis aus der Tiefkühltruhe. Ich weiß, ich weiß. Eigentlich hätte ich nicht gedurft, aber ich hatte es heute wirklich nötig.
Dad und ich grinsten uns also freudig an und riefen wie aus einem Munde „mehr" als Mutti aufhören wollte, Eis in die Schälchen zu verteilen. Vaddi stupste mich verschwörerisch an. „Los Dicke, guck doch mal, ob wir noch Kirschlikör in der Bar haben."
„Für mich nicht so viel, nur ganz wenig" ließ Vero verlauten.
„Ich bitte auch nur einen ganz kleinen Hauch" hörten wir gleich danach Philip. Na bitte, die beiden hatten sich jawohl gesucht und gefunden. Ein romantischer Abend bei den Beiden sah sicherlich so aus, daß sie sich einen Apfel schälten und dabei über die neueste Gesetzesgebung faselten. Och nö.....
Vaddi und ich kippten derweil großzügig Unmengen von dem klebrigen Kirschlikör auf unser Vanilleeis.
„Och Friedel! Weniger ist mehr" schimpfte Mutti, was Vaddi allerdings nicht davon abhält, das Eis auf seinem Teller zum schwimmen zu bringen.

Mein kurzes Hochgefühl (naja, zumindest nicht mehr Kellertief) durch die Leckerein verflog natürlich blitzschnell wieder, als wir den Tisch abräumten, langsam wieder die Übelkeit und der Kater zurückkamen und ich mir der immensen Kalorienzahl bewußt wurde, die ich mir gerade reingeschaufelt hatte. Die Zahl muß so riesig sein, daß sie nicht mal mehr auf das Display meines Taschenrechners im Büro passen würde (kennen wir doch alle, man dümpelt so vor sich hin, und tippt einfach nur so wahllos wirre Zahlenfolgen in den Taschenrechner. Das könnte ewig so weitergehen, nur irgendwann ist das Display voll).

„Mutti, vielen herzlichen Dank für das leckere Essen, aber Philip und ich müssen jetzt los. Wir haben beide noch immenses Material durchzuarbeiten. Die nächste Hausarbeit muß in zwei Wochen abgegeben werden und wir sind schrecklich im Streß. Naja, aber wenn man was erreichen will im Leben, muß man nunmal auch was tun!" sagte Vero und blickte mich kurz und vielsagend an, ich könnte sogar schwören, daß sie dabei – wenn auch nur minimal – bekräftigend die Augenbrauen hochzog.

Pah! Miststück! Ihre blöde Hausarbeit könnte ich mir wahrscheinlich locker aus dem Ärmel schütteln bei meiner jahrelangen praktischen Erfahrung. Jawoll ja.

„Na, Vero, dann streng Dich mal an, daß Deinen dicken Worten auch dicke Taten folgen." So... jetzt hab ich ihr's aber gegeben.

„Kinder, Kinder, was soll Philip denn von Euch denken. Ach Philip, so sind sie die Frauen, immer zu kleinen Sticheleien aufgelegt, aber keine meint es böse" versuchte Mutti schnell die dicke Luft wegzusäuseln.

„Wiedersehen Frau Freitag, vielen Dank für die vorzügliche Bewirtung. Wiedersehen Herr Freitag, hat mich gefreut Sie kennenzulernen" verabschiedete Philip sich artig. Mir wurde fast schlecht, Mutti guckte ganz verzückt und Papi ziemlich verdutzt.

„Tja... äh... mein Junge.... äh" Vaddi haute ihm locker auf die Schultern. „Dann wünsch' ich Euch noch 'nen netten Abend" und schon schoben die Beiden von dannen.

Tja, und da stand ich jetzt, im Jogginganzug-Gammellook zusammen mit meinen Eltern im Türrahmen und guckte den Beiden hinterher. Kurzfristig überkam mich ein ganz seltsames Gefühlt. Was war schiefgegangen. Ich war die Ältere. Eigentlich müßte ich diejenige sein, die total souverän, in Designerklamotten und frisch frisiert fröhlich winkend mit dem Traummann am Arm die Auffahrt zum Auto langgeht, in den dort geparkten Porsche (nichts überkandideltes halt) steigt und weltmännisch und geschäftig davonbraust. Totale heile Welt, meine Eltern würden mir voller Stolz hinterherblicken und meine jüngere Schwester müßte verpickelt und mit Zahnspange, fettigen Haaren und im Jogginganzug – und ohne Freund – mir neidisch hinterherstarren. Hm...... ich schüttelte die unangenehmen Gedanken unwirsch von mir ab und ging mit meinen Eltern wieder ins Haus. Alles in allem war es dann sogar noch ein richtig schöner Sonntag. Dad verkrümelte sich wieder in Richtung Keller/Garage und bastelte an was-weiß-ich herum, Mutti und ich bauten uns die Gartenmöbel auf, brutzelten ein wenig in der Sonne und zockte Rommee was das Zeug hält während der Hund freudig und stöckchenbringend um uns herum schwirrte.

Abends packte ich mich mit frisch rasierten Beinen, frisch gelackten Nägeln, 'ner mords Feuchtigkeitsmaske (ich wollte die Hoffnung auf einen positiven Effekt einfach nicht so schnell aufgeben) und lauter guten Vorsätzen für die nächste Woche (immer wieder Montags) ins Bett und schmökerte noch gemütlich in 'ner Frauenzeitschrift. Ich schlief zufrieden mit dem Gedanken ein, daß ab morgen alles anders werden würde. Ich würde endlich mit der Obstwoche starten und als Belohnung würde ich morgen Mittag losstiefeln und mir 'nen neuen Lippenstift kaufen. Ja! Einer muß noch her. Der andere war zwar arschteuer, aber irgendwie ist der doch nicht so doll gewesen.... das ist dann auch wirklich der Letzte.......

Schrill!!!!!!!!!! ....mit 190er Pulsschlag schlug ich schnell auf den Wecker und brachte ihn zum schweigen. Ahhhhhh..... ich hasse Montag! Ich drehte mich noch 20 Minuten hin und her und hätte echt heulen können bei dem Gedanken, daß ich aufstehen mußte. Wieso knipsten Nachts bloß immer die gemeinen Kobolde den Matratzenmagneten an, der mich unweigerlich und unerbittlich an selbiger festhielt? Anders konnte ich mir meine Schwierigkeiten nicht erklären. Schlußendlich trug ich aber doch den Sieg davon, wälzte mich schnaufend aus dem Bett und schleppte mich ins Bad. Nachdem ich das Licht angeknipst hatte, dachte ich kurzfristig, ich wäre aufgrund der hellen Strahlen erblindet, aber zum Glück stellte sich dann doch nach kurzer Panik langsam aber sicher ein recht klares Bild ein, das ich im Spiegel sehen konnte. Hm...... so... Montag.... mein Neues ich ruft.... hm.... Obstwoche und so........ hm..... Wenig begeistert entledigte ich mich meines pinkfarbenen Tiffi- und Samson-T-Shirts sowie des Slips und stieg so leichtfüßig wie nur irgend möglich auf die Waage. Irgendwie schwahnte mir Übles.

AAAAAAAAAAAAAAHHHHHHHHHHHHHHHHHHHHH! So übel hätte ich das dann aber doch nicht erwartet. Das kann NICHT sein!!!!!! Vor Schreck sah ich richtig Sternchen, vielleicht hatte ich einen Schock? Ich versuchte es nochmal, aber die furchtbare Zahl erschien wieder, und wieder und wieder. OH GOTT!!!!!! Wie furchtbar!!! Völlig demotiviert und am Boden zerstört machte ich mich bürofertig und schlug trübselig ausnahmsweise schon mal gegen 9.00 Uhr im Büro auf. Was soll's. Wenn ich schon total verfettet bin, brauche ich auch kein Star-Make up.

Murrig meine Tüte mit Obst schaukelnd öffnete ich meine Zimmertür – und meine Miene hellte sich gleich wieder auf.

„Moargn!!!"

„Moin Biene!!!!!!!! Schön, daß Du wieder da bist." Vor lauter Frustration hatte ich ganz vergessen, daß die Tage meiner Isolation vorbei sind und meine „Lieblingskollegas" Sabinchen (auch „Biene" genannt) endlich aus dem Urlaub zurückgekommen ist.

„Mensch Paula, was trägst Du denn für'n Trauerlook. Ist Dein Fön kaputt?"

„Och Biene, ich muß Dir soooo viel erzählen. Laß uns erst mal ein Käffchen trinken." Ich schmiß meine Jacke in die Ecke, schnappte mir unsere Kaffetassen und stürmte mit neuem Elan bewaffnet in die Küche um unsere Becher zu füllen. Wieder zurück in unserem – plötzlich so anheimelnden – Büro lag auf meinem Tisch schon ein Teller mit Franzbrötchen und Schokocrossaint.

„Ich dachte mir, während ich Dir meine Urlaubserlebnisse schildere und Du mich über den neuesten Bürotratsch aufklärst, gönnen wir uns erstmal was." Ich schielte noch einmal zweifelnd auf mein mitgebrachtes Obst, zuckte kurz mit den Schultern und schmiß den gesunden Bio-Krempel erstmal in die Ecke um mich dem Genuß von Franzbrötchen und Schokocroissant hinzugeben. Schließlich gehe ich ja heute abend zum Sport. Da muß man sich ja auch Kalorien zuführen, denn ich will ich ja auch ordentlich welche verbraten. Hah... das hatte ich noch gar nicht bedacht. Ich muß ja jetzt viel mehr essen, da ich auch viel mehr verbrenne durch meine neu entdeckte Leidenschaft für die Fitneßwelle. Super!

Biene und ich quatschten erstmal ein' lang ein' breit (sie hatte einen Urlaubsflirt!!), ließen das Telefon – ausnahmsweise... ehrlich! – einfach mal klingeln (sonst kommt man ja nie dazu eine Geschichte zu Ende zu erzählen), als irgendwann die Tür aufflog und mein Chef reinstürmte.

„Da sind Sie ja!"

„Äh... ja sicherlich.... wo soll ich denn sonst sein?!" nuschelte ich mit vollem Mund. Und so einer hat studiert.

„Och Frau Freitag, ich frag ja nur, weil ich seit zwei Stunden versuche, Sie aus dem Auto zu erreichen und auch die Zentrale, in der ich ja dann notgedrungen lande, da mein Sekretariat nicht da zu sein scheint, auch keinen Kontakt zu Ihnen herstellen kann. Weder gehen Sie ans Telefon, noch lesen Sie anscheinend Ihre E-Mails." Man, konnte der Kerl einen stressen. Ich wollte ihm gerade an den Kopf knallen, daß ich meine E-Mails logischerweise nicht lesen kann, wenn der Computer noch nicht an ist, überlegte mir aber gerade noch rechtzeitig, daß das vielleicht doch nicht so die günstigste Antwort wäre. Schließlich ist es schon halb zwölf.

„Öh... wir hatten kurzfristig einen Ausfall einzelner Leitungen der Telefonanlage. Und auch die Computer. Sehen Sie..." ich haute auf meiner Tastatur rum, der Bildschirm blieb natürlich schwarz.... „da tut sich nichts. Aber ich werde gleich nochmal in der EDV-Abteilung Druck machen."

Biene stierte angestrengt aus dem Fenster. Ich sah wie sie langsam rot anlief, fehlte nur noch, daß sie mir hier noch erstickte wegen dem Typ.

„Tja... äh.... wäre gut, wenn das Problem bald behoben werden könnte. Wir haben schließlich viel zu tun und die Herren aus der EDV können auch mal in die Hufe kommen."

„Genau" murmelte ich noch während der Chef schon wieder das Büro verließ.

„Weißt Du Biene, das ist doch irgendwie scheiße hier, man kann sich gar nicht richtig unterhalten. Woll'n wir nicht heute Mittag essen gehen? Da können wir dann ja schön weiterquatschen."

„Au ja, obwohl.... eigentlich wollt ich ja kalorienmäßig mal ein bischen Schmalhans Küchenmeister machen. Hab im Urlaub ganz schön über die Strenge geschlagen."

„Na das trifft sich ja gut. Ich wollte heute auch endlich meine Diät anfangen. Was hältst Du davon, wenn wir schön lecker Salat essen gehen, gleich drüben bei Don Giovanni, die haben doch auch prima was für die schlanke Linie, der Thunfischsalat zum Beispiel ist super."

„Klasse, machen wir!"

„Und auf dem Rückweg machen wir noch einen kleinen Abstecher zur Parfümerie. Ich brauche noch dringend 'nen neuen Lippenstift."

„Ist gebongt Püppi."

Bestens gelaunt starteten wir unsere Computer, guckten uns noch schnell die inzwischen aufgelaufenen E-Mails an, in der Hoffnung auf privaten Eingang (immer die olle Zentrale mit „dringend Chef anrufen".. pah...) und stürzten dann 'ne halbe Stunde später bestens gelaunt aus dem Büro Richtung Don Giovanni.

Dort angekommen knallten wir uns herrlich draußen in die Sonne. Es war bestes Wetter, meine Laune war auch bestens, nur dummerweise war mein Outfit gar nicht bestens. Ich konnte schon mal wieder gar nicht verstehen, wieso ich mich heute morgen anscheinend in der Gammellook-Phase befunden habe und ärgerte mich schrecklich. Die Tische neben uns füllten sich allmählich mit all den schrecklichen Sommergrazien. Ich hasste es. Sobald der Sommer auch nur in annehmbare Nähe rückte und sich die ersten – höchstens lauwarmen – Strahlen durch die trübe Hamburger Wolkendecke kämpften kamen sie wie die Ratten aus ihren Löchern gekrochen. Grazien. Wo man nur hinguckte. Hier ein kurzer Rock, da 'ne knacken enge Jeans, dort ein Hauch von einem Nichts. Und das alles wackelt mit einem Maximalgewicht von 48 kg auf Highheels an einem vorbei. Nun denn..... ich schüttelte diesen unliebsamen Gedanken ab und registrierte, daß mir zumindestens nicht die Füße weh taten. Die Hose „kniepte" auch nirgends. Was solls. Ich saß mit Biene bei Don Giovanni, ein herrliches Sommerwindchen wehte mir um die Nase und nichts tat weh! Sollen sich die anderen doch abschnüren wie sie wollen. Damit fang ich erst morgen wieder an.

Ich flätzte mich also genüßlich in den Bistrostuhl und lauschte Bienes Urlaubsflirt-Ausführungen als die mißmutige Kellnerin uns die Karten auf den Tisch knallte. Hm.... schon was anderes als das Ramazotti – Mittagstisch eben – was solls. Biene und ich schmissen trotz unserer schon feststehenden Entscheidung – Thunfischsalat – einen Blick in die Karte. Man muß ja mal gucken. Und als die mißmutige Kellnerin wieder an unseren Tisch geschlurft kam hörte ich eine Stimme, die meiner sehr ähnlich war, „Pasta Mista al Forno mit doppelt Käse" sagen. Huch.... wer war das denn? Oh ...... wie... ich?..... da muß ich wohl in der Zeile verrutscht sein.... Biene konterte mit „Tagliatelle al Salmone". In Sahnesauce... versteht sich..... Wir guckten uns schuldbewußt an, zuckten synchron mit den Schultern und quatschen gut gelaunt weiter.

Ich schwelgte gerade im hemmungslosen Genuß des doppelten Käses als mein Auge sie erblickte. Ich sah sie nur von hinten, so daß ich mir nicht ganz sicher war. Sie saß mit einer Freundin – wahrscheinlich auch die Mitgefangene aus der Büroklaverei – zwei Tische rechts von mir. Grazienartig saß sie mit ihrer Freundin vor einem – scheiße – Thunfischsalat. Sie trug einen schwarze Minirock, den böse Zungen mit einem Gürtel verglichen hätte, dazu eine weisse Bluse und todschicke schwarze Pumps (wo hat sie die her??). Biene quatsche immer noch ein' lang ein´ breit von ihrer Urlaubsbekanntschaft und hatte meine Unaufmerksamkeit noch gar nicht bemerkt. Ich ließ sie sabbeln und lehnte mich unauffällig zurück, um die „Göttin" besser sehen zu können, tat so als ob ich mich wohlig reckte...... Mist.... reicht nicht..... noch ein Stück..... und noch ein Stück............ waaaaammmmms...............knaaalllllllllllllllll.... ich ballerte mit dem Bistrostuhl hintenüber, knallte mit dem Rücken bös' auf den Fußboden und schlug gleichzeitig hart mit dem Fuß unter unseren Tisch, so daß der Brötchenkorb kurz hochhüpfte und dann zusammen mit Bienes Besteck mit lautem Knall auf dem Fußboden aufschlug. Alles stierte mich an. Natürlich auch sie. Mit hochrotem Kopf sammelte ich sämtliche Utensilien vom Fußboden auf und stellte fest, daß es wirklich die Schönheit von Samstag war. Peters Begleitung im Ramazotti. Und ich war mir sicher, sie hatte mich auch erkannt (wie nur??? Sah doch heute ganz anders aus?!?).

Als ich wieder auf meinem Stuhl saß, guckt mich Biene leicht vorwurfsvoll an.

„Ich denke, ich bin nicht die Einzige, die hier Heikles zu erzählen hat."

Kleinlaut erzählte ich Biene also brühwarm meine „Ich-will-Tom-aber-der-mich-nicht-dafür-will-Peter-micht-aber-ich-ihn-nicht-"-Geschichte!

„Und wieso interessiert Dich dann die olle Grazie da hinten so? Kann Dir doch wurscht sein. Im Gegenteil. Sei doch froh, wenn Peter sich umentscheidet für sie."

„Hm... ja.... klar, hast ja recht... find ich auch total klasse."

Hm... ich luscherte vorsichtig in „ihre" Richtung. Biene hatte Recht. Eigentlich hätte ich froh sein müssen. Aber irgendwie.... hm.... wahrscheinlich war ich einfach bloß

neidisch auf ihr verdammt gutes Aussehen. Was sonst...
oder?
Wir winkten die mürrische Bedienung heran und zahlten.
Unsere Pause war schon 'ne halbe Stunde überfällig.
Och... was solls.... Ausnahme halt.... weil Bienes erster
Arbeitstag nach dem Urlaub und so.

Also schlenderten wir noch kurz zur Parfümerie in der
Hoffnung auf einen neuen Lippenstift und kamen nach
geschlagenen 2 ¼ Stunden jede mit Lippenstift, Lipliner
und einer „Wundermaske" bewaffnet wieder im Büro an.

So... wir schmissen unsere Tüten in die Ecke und
telefonierten erstmal privat. Biene rief ihren Schatz an
(wieso hatte sie eigentlich 'nen festen Freund und bekam
dann auch noch leichtestens 'nen Urlaubsflirt? Ungerecht!)
und ich klingelte erstmal bei Siggi durch.
„Schmolzenberg & Partner, Schramme guten Tag" meldete
sie sich höflich.
„Ey Siggi, spar Dir den Text, ich bin's bloß."
Ich erzählte Siggi erstmal von den sonntäglichen
Strapazen bei meinen Eltern mit der schwesterlichen
Attacke und natürlich die Petersche Grazienbegegnung
von soeben. Siggi war mitfühlend wie es sich für eine beste
Freundin gehörte. Bis zum Schluß...
„Paula, wieso kratzt Dich das eigentlich so. Du willst doch
gar nichts von Peter. Im Gegenteil. Er nervt Dich doch fast
schon."
Dejavù oder was??
„Mann Siggi, ich mein' doch bloß. Was bist Du denn so
zickig?"
„Ich bin nicht zickig. Ich versteh Dich bloß nicht. Ich denke,
'nen besseren als Peter könntest Du gar nicht finden. Ich
hab mich neulich länger mit ihm unterhalten. Das ist echt
ein feiner Typ. Schlag Dir den blöden Tom aus dem Kopf.

Der hat nichts in der Birne. Mit dem handelst Du Dir nur Kummer und Ärger ein...."

„Siggi... mein Chef will gerade was... ich melde mich später noch mal."

Der Chef stand urplötzlich neben mir und hielt mir eine Mahnung des Gerichts vor die Nase. Mir strömten ein paar Fragezeichen aus dem Kopf aber die konnte er wohl nicht sehen. Ich machte also eine „was?"-artige" Bewegung – hauptsächlich durch starkes Anheben der Schultern und blödes Gucken - woraufhin er mich anbrüllte, daß er mir die Fristverlängerung schon letzte Woche diktiert hätte, diese innerhalb der nächsten zwei Minuten, am besten schon vor fünf Minuten, geschrieben auf dem Tisch haben möchte und mich dann mit einer Sturmfrisur zurückließ.

„Mann, Dein Chef ist echt ätzend" stand Biene mir bei und schob mir tröstend die Schachtel mit den Mini-Snickers rüber, wo ich dankend zulangte. Mal ganz ehrlich. Wie soll man diszipliniert Diät halten, wenn man so einem entsetzlichen Druck ausgeliefert ist??

Ich suchte in dem Gewusel auf meinem Tisch also nach dem Band. Welches könnte es sein? Also ehrlich, kann ich hellsehen? Bei näherer Betrachtungsweise befanden sich gut ein Dutzend Bänder auf meinem Tisch (liegen die da schon länger?). Woher sollte ich wissen, welches das Richtige war?

Als ich es endlich gefunden hatte und dann hektisch runtertippte, realisierte ich, daß ich eigentlich ganz froh gewesen war, bei meinem Telefonat mit Siggi unterbrochen worden zu sein. Hm...... wieso störte es mich???? Wieso war ich nicht froh, daß Peter anscheinend eine andere gefunden hatte? Und überhaupt... wann hatte Siggi sich denn „länger" mit ihm unterhalten? Hatte sie mir gar nicht erzählt. Hm... was soll das denn jetzt, Verschwörung, oder was?! Eiligst tippte ich das Band fertig, rauschte zu meinem Chef und faxte den unterschriebenen Schriftsatz ans Gericht. Zack, zurück in mein Zimmer und eiligst Siggi angerufen.

„Schmolzenberg & Partner, Schr...."

„Ja ja, ich bin's. Sag mal, wann hast Du Dich denn länger mit Peter unterhalten?"

„Na am Freitag Abend im Shooters. Als Du dabei warst, Dir Deine Glieder auf der Tanzfläche zu verrenken."

„Ach... hast Du mir gar nicht erzählt."

„Klar hab ich. Warst Du wohl bloß nicht mehr aufnahmefähig."

„Quatsch.... aber egal... los erzähl. Worüber habt ihr denn geredet?"

„Na über Dich zum Beispiel."

„Mich??"

„Ja klar. Der ist glaub ich echt in Dich verliebt. Meinte, daß er Dich schon seit längerem süß findet, aber Du ja immer nur Augen für das Arschloch hast und..."

„Welches Arschloch? Meint er Tom?"

„Na klar Tom, wen denn sonst?!"

„Aber weiß doch keiner, daß ich ihn anbete... außer Dir.... hast Du es ihm etwa erzählt?"

„Nein, natürlich nicht, aber das sieht ja auch ein Blinder mit ´nem Krückstock."

„Wieso denn das????? Ich bin ja nur wirklich zurückhaltend!"

„Ja Paula, die Zurückhaltung in Person.. wie dem auch sei, ihm ist es jedenfalls schon seit längerem aufgefallen, und er weiß gar nicht was Du an ihm findest. Er findet Tom ist ein aufgeblasenes Arschloch und ohne seine Jungs würde er ganz schön doof dastehen."

„Quatsch. Peter ist nur neidisch. Tom ist ´ne Wucht! Peter träumt sicherlich davon, einmal mit Tom abhängen zu können."

„Nee, glaub ich nicht, dem ist das alles Schnuppe."

„Siggi, was'n los mit Dir. Bis gestern fandest Du Tom auch noch den Oberhammer. Bist vielleicht DU in Peter verknallt?"

„Neeeiiiiinnn. Ich finde Tom immer noch klasse, der Typ aus der Cola-Light-Werbung ist nix gegen ihn, aber ich finde, Peter ist auch echt niedlich. Und super in Dich verliebt. Und zu allem Überfluß hat er auch noch was in der Birne!"

„Erstens ist er nicht niedlich, und zweitens nicht in mich verliebt, nicht wirklich jedenfalls..."

„Erstens ist er wohl niedlich. Du solltest ihn mal richtig angucken. Und zweitens ist er wohl in Dich verliebt. Du hast ein Brett vor dem Kopf."

„Frau Freeeeiiiiiitaaagg" Aaaarrgg.... vor Schreck fiel mir fast der Hörer aus der Hand.

„Wieso haben Sie denn nicht die Anlagen mit ans Gericht gefaxt?!? Der Richter hat mich gerade fuchsteufelswild angerufen. Bin ich hier im Zirkus oder was?"

„Siggi, ich muß aufhören" wisperte ich in den Hörer, knallte ihn flugs auf die Gabel und folgte meinem zeternden Chef zu den Aktenordnern im Flur um die Anlagen (was für Anlagen??) rauszusuchen. Nachdem nun in der Sache anscheinend wirklich alles erledigt war, rauschte mein Chef (zum Glück!) ab zu einem Termin außer Haus („würd' mich freuen, heute abend noch eine volle Unterschriftsmappe bei mir vorzufinden") und ich knallte mich erleichtert wieder an den Hörer, verabredete mich mit Siggi für abends zum Sport (Siggi und ich gehören schließlich jetzt zu den Fitneßjüngern! Jawohl!) und klingelte dann noch kurz bei meiner Mutter durch.

„Kind, Vero und Philip sind gerade hier und besuchen mich, ist das nicht schön?"

„Ja, schön." Eigentlich wollte ich ordentlich einen mit Mutti ausquatschen, ging nun natürlich nicht. Hm....

„Philip hat mir Blumen mitgebracht!" flüsterte sie in den Hörer, damit er es bloß nicht hören konnte.

„Toll Mutti."

„Der Strauß muß ein Vermögen („Vermöööögen") gekostet haben Paula, das sag' ich Dir, den werde ich auf alle Fälle trocknen, kriegt man ja nicht alle Tage."

„Ja Mutti, das mach man. Ich wollt auch bloß mal fragen, wie es so geht."

Wir beendeten das Telefonat dann zügig, weil Mutti zurück zu Philip („hach Kind, wenn Du doch auch mal so jemanden kennenlernen würdest") und Vero, und ich zurück zu ..... äh..... meiner Arbeit wollte. Hm..... ich langte mißmutig in Bienes Mini-Snickers-Box und machte mich tatsächlich daran, ein paar Bänder wegzutippen. Pünktlich um 17.00 Uhr machte ich die Biege und schnappte mir meine Sporttasche.

Auf dem Weg ins Fitneßcenter ließ ich den Tag (kalorienmäßig betrachtet) nochmal Revue passieren. Hm..... nun ja.... in Anbetracht der Tatsache, daß ich morgen früh eigentlich mindestens 3 kg weniger wiegen wollte, war ich wohl nicht ganz so erfolgreich... hm..... nicht panisch werden, Paula, rechne mal zusammen.... also: Franzbrötchen, Schokocrossaint, Pasta Mista al Forno, 3 Kugeln Eis (so nach dicken Nudeln, braucht man irgendwie noch was Süßes), diverse Mini-Snickers, ach ja, und dann hatte Biene ja noch die Haribo-Allerlei-Tüte mit (wer hat die bloß vernichtet, also ehrlich, muß Biene selbst gewesen sein, ich hab doch bloß zwei oder drei mal reingelangt, oder?), und zu guter Letzt hab ich noch ein Stück Butterkuchen verdrückt (ich wollte gar nicht, aber Arabella von nebenan hatte Geburtstag und hatte Butterkuchen mit, und wenn ich den abgelehnt hätte, hätte sie mich gleich wieder in ihrer arroganten Art gefragt, ob ich auf Diät sei. Nur deswegen hab ich ein Stück gegessen, blieb mir quasi nichts anderes übrig!). So... das wär's aber dann auch. Also alles in allem dürfte ich mich der 4.000 kcal-Grenze haarscharf genähert haben. Ups... Naja, aber durch mein neues Fitneßbewußtsein wird sich alles ändern. Wer viel verbraucht, muß schließlich auch viel essen. Sonst fall ich noch um. Hah.... jetzt hab ich's. Mein peinlicher „Ausrutscher" am Samstag beim Bauch-Beine-Po, als Tom da war, war bestimmt bloß einem Schwächeanfall zugute zu schreiben. hab ich's doch gewußt. Und überhaupt. Wenn Tom heute da sein sollte, hab ich vorgesorgt. Kann er soviel durch die Glastür glotzen wie er lustig ist. In weiser Voraussicht habe ich nämlich mein coolstes Sportdress eingepackt. Damit machte ich bestimmt 'ne gute Figur. Gut gelaunt betrat ich also das Fitneßcenter und schlenderte in den überfüllten Umkleideraum der Damen. Hmm... na toll... fängt ja gut an. So viele Frauen auf einem Haufen sah man nicht mal beim Sommerschlußverkauf wie Abends im Fitneßcenter. Ich erkämpfte mir tapfer („entschuldigung, darf ich mal, entschuldigung") einen Platz und quetschte meine übergroße Sporttasche zwischen die diversen Utensilien der anderen. Während ich mich setzte um mir die Schuhe auszuziehen, drängelte sich eine Nackte mit mir zugewandtem cellulitisbefallenem Hintern ca. 3 mm an meinem Gesicht vorbei. Grenzwertig. Just in dem Moment bekam ich noch einen frisch mit Vanilla-Bodylotion eingecremten Ellbogen gegen die Schulter gedonnert. „Oh, 'tschuldigung", „macht nix" grummelte ich während mir ein Badelatschen auf die Füße trat und das Mädel hinter mir mir das Handtuch wegnehmen wollte.

„Heh... das ist meins."

„Oh, 'tschuldigung, sieht aus wie meins."

„Darf ich mal, ich glaub Du sitzt auf meiner Unterwäsche" und schon zerrte ein Mädel an irgend einem Wäschehaufen, der halbwegs unter meinem Allerwertesten festhing, während eine andere zu meiner linken gegen die aufgeklappte Spindtür donnerte und sich mit schmerzverzerrtem Gesicht neben mir auf die Bank fallen ließ. Rechts von mir an der Spiegelseite knallte gerade eine Parfümflasche runter, als sich zwei Mädels mit den Kabeln ihrer Föns verhedderten und sämtliche Utensilien auf der Ablage runterrissen.

So ein Gedrängel herrscht echt nicht mal zur Hauptverkehrszeit in der S-Bahn!

In Windeseile quetsche ich mich in mein Fitneßdreß und rettete mich – mit der wirklich mageren Ausbeute von nur zwei blauen Flecken – aus dem Unkleidebereich. Ich ging in den Aerobic-Raum und baute für Siggi und mich schon mal einen Step auf. Wo blieb sie nur. Ich fühlte mich immer viel besser wenn sie dabei war. Gemeinsam ist man stark, sozusagen. Na, wird sicher bald kommen. Ich beäugte mich nochmal in der Spiegelwand. Ja... mein Outfit sah echt ganz cool aus. Schwarze Hose, Stulpen, schwarze Nikes und ein ausgeschnittenes rosa Shirt im Stil der 80er. Ich sah quasi aus, wie Flashdance entsprungen. Optimal. Ui klasse, und da kommt Siggi. Jetzt konnte nichts mehr schiefgehen. Wir begrüßten uns wie immer mit Küßchen.

„Hey Paula, wie hat denn Dein Diättag geklappt?" Ich hatte Siggi von meinen Diätplänen schließlich erzählt. Wie immer war es ein Gemeinschaftsprojekt, das hatte bessere Erfolgsaussichten.

„Och.... nicht ganz so gut" gab ich vage Auskunft.

„Bei mir auch nicht!" mit einem Schnaufen ließ Siggi sich auf den Step fallen.

„Echt?" Ich war schon gleich erleichtert. Zu zweit zu versagen ist besser als alleine! „Erzähl mal, was hast du denn gegessen?"

„Heute morgen Müsli mit Obst, Mittags hab ich mir Karotten und Paprika kleingeschnitten und vorhin hatte ich noch so ´nen Hunger, daß ich mir eine Scheibe Schwarzbrot mit

Magerquark und Tomate geschmiert hab, das wollte ich eigentlich einsparen, da ich für heut Abend noch `nen Salat habe. Und Du?"

„.......... äh............. och........... auch ungefähr so... bischen mehr wohl noch! Heute mittag war ich ja dann auch mit Biene essen, weißt ja.... aber nur Ausnahme.... morgen fang ich richtig an. Ehrlich!"

Wir quasselten noch so über dies und jenes – zum Glück fing Siggi nicht wieder von dem Peter-Thema an – als Sophia den Aerobic-Raum betrat.

„Pffff....." ich konnte grad noch vermeiden, daß mir ein gequältes Aufstöhnen entrang. Sophia sah aus, als ob sie mit Cindy Crawford ein Fitneßvideo drehen wollte. Siggi und ich saßen ziemlich verdattert auf unseren Steps.

„Hi Mädels! Wußte gar nicht, daß ihr auch hier Mitglied seid. Hätte ich das gewußt, wäre ich schon viel früher mal hier eingetreten. Tom hat mich mitgenommen!"

Verdutzt guckten wir durch die verglaste Wand, wo Tom mit drei der Jungs zwischen den Geräten stand und uns zuzwinkerte. Sophia winkte ihm keß zu und baute sich ihren Step direkt neben unseren auf. Na toll! Wenigstens mußten wir nicht mehr lange mit ihr quasseln, weil Katja – unser Stepfeldwebel – den Raum betrat. Eine halbe Stunde später hatte ich arge Befürchtungen, daß ich vielleicht eine Herzattacke bekommen könnte. Ich pfiff wie eine Dampflock und fürchtete, über den Step zu stürzen, da ich die Beine nicht mehr hochbekam und schon dreimal fast gestolpert wäre. Ausserdem hatten meine Stulpen ziemlich mit der Erdanziehung zu kämpfen, was mir den Look irgendwie versaute. Sie hingen wie faltige Wülste an meine Turnschuhen und erschwerten die Ausübung der Choreographie ein wenig. Irgendwie brachte ich die Stunde hinter mich und signalisierte Siggi, daß ich auf keinen Fall gewillt bin, danach noch Bauch-Beine-Po mitzumachen. Eigentlich hatte ich vor, mindestens drei Kurse zu absolvieren. Aber nö... nicht heute.... Siggi war auch nicht mehr gewillt. Wir hievten also unsere Steps zurück auf den Stapel und wollten uns schnell aus dem Aerobicraum verpieseln als Sophia uns schon hinterher kam.

„Mädels, wartet, wollt ihr schon aufhören? Wir können doch noch Bauch-Beine-Po mitmachen!"

Grrrrrrr............ „Nee, Sophia, heute nicht, Siggi und ich hatten schon vorher den Aerobic-Mix mitgemacht!" log ich.

„Ach wie Schade."

„Hey Ladies, na wie war's? vernahm ich Toms rauchige Stimme und schon stand er vor uns.

„Hach, das war wirklich klasse für den Anfang" säuselte Sophia. „Ich werde auf alle Fälle noch Bauch-Beine-Po mitmachen und danach noch Spinning. Paula und Siggi haben schon genug. Und jetzt hab ich aber erstmal Durst. Tom, wie wärs, lädst Du mich auf `nen Vitamindrink an die Bar ein, bevor der nächste Kurs startet?"

Holt das Weib auch irgendwann mal Luft?

„Klar Süße" und schon schoben die Beiden von dannen, allerdings drehte Tom sich noch einmal um und zwinkerte mir zu! Hah!

Siggi und ich zwängten uns ins Gedränge der Umkleidekabine, schnappten in Windeseile unsere Siebensachen und eilten noch im Fitneßdreß schwer an unserem Krempel schleppend aus dem Studio. Siggi war mit dem Auto da, so daß wir uns erleichtert in die Sitze sinken ließen und ab nach Hause düsten.

„Sag mal, was sagst Du denn jetzt dazu, Siggi?!"

„Ich faß es nicht, ehrlich, kann's nicht glauben."

„Vor der blöden Zicke ist man jawohl nirgends sicher, nicht mal im Fitneßcenter. Heute Nacht werde ich sicherlich von ihr träumen!!!!"

„Hör bloß auf, mal nicht den Teufel an die Wand."

„Und wie sie Tom immer angräbt, hast Du das gesehen?"

„Na, er schäkert aber auch ganz schön mit ihr!"

Hmmmmm.... eigentlich wollte ich hören, daß Sophia bei ihm keine Chancen hat, da er mir verfallen ist oder so ähnlich......

„Na ja, Du weißt ja wie er ist, ganz Gentleman. Charmant, charmant. Und immer am flirten." Versuchte ich die Sache ein wenig abzuwiegeln.

„Ja Paula, deswegen brauchst Du Dir auch nichts drauf einzubilden, daß er Dir ab und an mal gnädigerweise zuzwinkert!"

...... äh.......

„Was??? Er zwinkert mir zu??? Quatsch, ist mir noch nie aufgefallen!"

„Jetzt tu bloß nicht so. Mir kannst du nichts vormachen. Ich weiß, dass Du in ihn verschossen bist. Aber ich sag´s Dir: Schreib ihn Dir ab!!"

...........hm...........

Wir fuhren ein Weilchen schweigend weiter und kamen schließlich vor meiner Haustür zu halten.

„Hey Paula, sei nicht böse, ich mein's ja nur gut mit Dir."

„Ja ja, ich weiß."

„Bist Du jetzt mucksch?"

„Neeee... ach ... bloß müde und kaputt und ein bischen frustriert natürlich auch. Laß man, morgen bin ich wieder bestens gelaunt. Unkraut vergeht nicht."

„Genau. Nur die Harten kommen in den Garten."

„Und die Weichen an die Eichen."

„Und Sophia wird des Landes verwiesen."

„Und Tom als Sklave bei uns eingestellt."

„Jaaahh ....haaa... aber nur mit Schürzchen bekleidet!"

„Jahh.. genau......."

Wir amüsierten uns noch ein Weilchen, dann verabschiedete ich mich und schleifte meine Sporttasche (was ist denn da alles drin?? Kieselsteine??) ins Haus. Eine halbe Stunde später lag ich frisch geduscht und eingecremt wohlig in meinem Bett und räkelte meine beanspruchte Muskulatur. Hach herrlich! Scheiß doch auf Sophia. Ab morgen wird mein neues Ich ganz bestimmt in Kraft treten. Heute war bloß eine Ausnahmeerscheinung. Bienes erster Tag und so. Aber ab morgen geht's richtig los. Und schwupsdiwups – keiner weiß wie es kam – wird Sophia neben mir nur noch ein unscheinbarer kleiner grauer Fleck sein. Tom wird sich dann plötzlich nach mir verzehren, mir nach der Arbeit mit riesigen Rosensträußen auflauern, mich mit Anrufen bombadieren und Pralinenpackungen schicken. Jaaa... genau so wird es sein, aber dann laß ich ihn erstmal ordentlich zappeln!!!

Am nächsten morgen holte ich mir wie so oft bei dem Türken an der Ecke frisches Obst. Und diesmal würde ich es auch essen. Jawoll!

Voller Tatendrang schnappte ich mir, im Büro angekommen, mein Kartoffelschälmesser und verwandelte die Büroküche erstmal in ein Bio-Schlachtfeld. Bananenschalen, Apfelgribsch, Orangenschalen, sämtliche Art von Kernen und klebrigen Obstsaft verteilte ich in der ganzen Küche. Ich machte extrem schnell, weil ich es haßte, ständig die Leute mit Kaffeetassen um einen rumwuseln zu haben. „Oh... das sieht aber gesund aus" und so weiter, das volle Programm halt. Ich hatte es fast geschafft und wollte mich gerade mit der Mammut-Obstschale auf den Weg in mein Büro machen, als ich mit Arabella zusammenstieß.
„Oh.... hallo Paula, mal wieder auf Diät?" fragte sie mich alles andere als leise mitten auf dem Flur. Ich war gerade am überlegen, was ich darauf mal supercooles antworten konnte, als sie schon weitersabbelte.
„Meine Mutter hat auch gerade wieder mit einer Diät angefangen. Der Jojoeffekt macht sich bei ihr auch immer

ganz stark bemerkbar. Gut, daß ich nach meinem Vater komme. Wieviel hast Du denn seit dem letzten mal wieder auf den Hüften?"

„............. äh............." Ich glaube es haben schon Leute für weniger gemordet.

„Oh... da ist Michi... Paula, entschuldige, wir quatschen später weiter. „MICHI!!!!!!!" und weg war sie.

Noch völlig benommen stiefelte ich mit meiner Obstschale zu meinem Platz.

„Was is'n mit Dir los?" Biene war auch inzwischen gekommen.

„Entweder erschieß ich mich oder Arabella."

„Arabella."

„Ist mir auch lieber."

Während ich mißmutig meinen (wirklich leckeren, doch, ehrlich) Obstsalat in mich reinstopfte, erzählte ich Biene das Ausmaß der Arabella-Begegnungs-Katastrophe, danach erzählte ich ihr gleich noch das ganze Ausmaß der gestrigen Sophia-Begegnungs-Katastrophe, so daß wir gegen 11.00 Uhr zu dem Schluß kamen, alle Frauen unter 65 kg zum Mars zu schicken. Wären sicherlich ganz schön viele Frauen, so daß man viele Raumschiffe braucht, um sie hochzukriegen. Allerdings kann man sie ja auch supertoll stapeln, weil sie so leicht sind. (Wie im Fahrstuhl: „20 Leute oder 100 kg Belastbarkeit." Hab mich schon immer gefragt, mit welchen Testpersonen die so eine Situation proben. Wahrscheinlich mit Goldhamstern).

Irgendwie brachte ich den Tag hinter mich und abends traf ich mich mit Siggi am Gänsemarkt. Wir wollten mal ´nen Zug durch die Läden machen auf der Suche nach einer super Errungenschaft für Samstag. Denn Samstag war die legendäre und superedle Sommerparty von Sophia, und da – da waren Siggi und ich uns einig – mußten wir sämtliche vorhandene Konkurrenz in den Schatten stellen. Und das würde schwierig werden. Sophia würde sicherlich alle Register ziehen, da war schwerlich mitzuhalten – es war also kein pures Shoppingvergnügen, was uns bevorstand, sondern eine ernste Angelegenheit.

Mit leicht knurrendem Magen (oh ja, Ich hab den ganzen Tag durchgehalten und nur Obst gegessen) machten wir uns auf Richtung Edelshops. Wir waren uns einig, daß der Anlaß ein gewisses Überschreiten unseres Shoppingbudgets durchaus erforderte und wir auf gar keinen Fall mit einem no name Synthetikfähnchen bei Sophias Party auftauchen konnten, das würde womöglich in einer üblen Blamage enden. Mein Kontostand sagte eigentlich zu jeder Investition NEIN, aber der Zweck heiligt ja bekanntlich die Mittel. Ziemlich aufgeregt betraten wir also eine der exquisiten Edelboutiquen Hamburgs und konnten noch nicht mal anfangen zu stöbern, als schon eine extrem aufgetakelte Verkäuferin auf uns zustakste.
„Kann ich behilflich sein?"
„Vielen Dank, wir gucken erstmal und melden uns gegebenenfalls."
Aaarrrghhh.... das war (neben dem Preis) das Üble an diesen kleinen, feinen Boutiquen. Bei den großen Ketten wie Stinnes & Sauritz zum Beispiel konntest Du wie wilde Sau in den Ständern rumwühlen. Interessiert niemanden. Völlig ungestört kann man dann in Gedanken die möglichen Kombinationsmöglichkeiten durchspielen, mit stapelweise Klamotten in die Umkleidekabine stürmen und völlig in Ruhe das Ergebnis im Spiegel betrachten, ganz alleine, ohne zweite Meinung (von der der besten Freundin mal abgesehen). Hier konnte man nicht mal 'nen Kleiderständer von weitem angucken, ohne daß man von mindestens einer Verkäuferin umlagert wird.

„Sie suchen bestimmt ein passendes Ensemble für eine aufregende Sommerparty oder dergleichen" gurrte sie wieder in unsere Richtung. Nicht zu verscheuchen das Weib. Woher wußte sie das mit der Party???

„Hm... nunja.... wir suchen tatsächlich nach einem passenden Outfit für eine Sommerparty, haben allerdings noch keine Idee, wie genau............"

Ich konnte den Satz noch nicht mal zu Ende bringen, als die Verkäuferinnen – wo war plötzlich die Zweite hergekommen? – schon voller Elan die Kleider aus den Ständern zogen.

„Oh.... hab ich's doch gleich gewußt. Ich habe da GENAU das Richtige für Sie, glauben Sie mir."

Ab dem Moment konnten Siggi und ich nicht mal mehr „piep" sagen, das Kommando für diesen Einsatz hatte man uns abgenommen und eine Stunde später stolzierten wir mit dicken Tüten und stolzgeschwellter Brust aus dem Laden.

Vornehm gingen wir noch zivilisiert ein paar Schritte, dann um die Ecke, und gerade außer Sichtweite juchzten und kreischten wir was das Zeug hält und fielen uns freudig in Arme.

„Ohhhhh....... Siggi........ VERSCHÄRFT!!!!! Das wird der Oberknaller!!! Was sagst Du dazu?!"

„Bin sprachlos, total sprachlos..... eigentlich hatte ich mir ja ein Kostenlimit gesetzt .... das ist mehr als verdoppelt würde ich sagen .... aber scheiß doch drauf.......... der Hammer...."

Siggi konnte kaum sprechen vor lauter Aufregung, sie hatte schon Schnappatmung. Wir beschlossen, so einen Einkauf tätigt man nun wirklich nicht alle Tage, das muß auch dementsprechend gefeiert werden.

„Auf zu Casa Lorenzo!!!!!!!" Hörte ich mich grölen, als wir uns auch schon in dieselbige Richtung aufmachten und uns wenig später gemütlich an einem Ecktisch niederließen. Unsere Boutique-Tüten stapelten wir auf der Sitzbank neben mir und konnten unseren Blick kaum abwenden.

„Zwei Prosecco" orderte Siggi gleich, da konnte ich wirklich nicht widersprechen.

Wir dachten uns, heute wird nochmal so richtig gefeiert, und ab morgen ist Null-Diät angesagt, sozusagen, bestellten also das volle Programm. Vorspeise, Hauptgericht, und danach noch die volle Kalorienbombe Tiramisu, was denn sonst?! Wir waren gerade mitten im Hauptgang (ich öffnete gerade den ersten Knopf meiner Hose), als Peter das Restaurant betrat. Es ging wie in Zeitlupe. Wir waren allerbester Stimmung, schon beim Chianti hängengeblieben, Kerzen schimmerten überall, die Tür ging auf, und Peter kam rein. Im dunklen Anzug, mit strahlend weißem Hemd und seriöser Krawatte. Er winkte beim Reinkommen gleich einem Paar drei Tische weiter zu, wobei seine Manschettenknöpfe blitzten und wäre es nicht Peter gewesen, ich hätte gedacht, alter Schwede, sieht der gut aus.

Siggi sah mir irgendwie an, daß etwas meine Aufmerksamkeit erregte, vielleicht lag es auch an der Nudel, die in meinem Mundwinkel klebte, keine Ahnung, jedenfalls drehte sie sich auch um und in dem Moment sah er uns.

„Hallo ihr Beiden" sagte er und ging weiter.

Wieeeeee??????????? Kein um mich rumschlawenzeln???????? Keine Komplimente?????? Will er mich denn gar nicht angraben??????

Fassungslos stierte ich ihm hinterher, wie er sich an einen Tisch zu drei anderen Männern im Anzug setzte, die ihn alle freundschaftlich begrüßten.

„Sach mal.... also.... das FASS ich jawohl nicht" ereiferte ich mich.

„Was denn?!"

Siggi war anscheinend begriffsstutzig.

„Ja, sag mal, spinnst Du?! Der kann doch hier nicht einfach so vorbeilatschen?!"

„Wieso denn nicht?! Du hast ihn doch deutlich merken lassen, daß Du nicht an ihm interessiert bist. Was willst Du denn?"

„Wie? Ich will nichts! War aber doch total unhöflich!" polterte ich weiter.

„Nee, Paula, war nicht unhöflich. Hat uns doch nett hallo gesagt. Ich glaube, Du bist Dir nicht ganz sicher, was Du eigentlich willst."

Oh neeeee.......... fing der Scheiß schon wieder an. Eigentlich war ich mir sicher, was ich wollte. Ich wollte nett mit Siggi hier sitzen und feiern. Und von Peter wollte ich nichts. Aber von Tom wollte ich was. Und Tom ist ein Arsch und will was von Sophia und Peter ist lieb und sitzt schräg vor mir und sieht plötzlich ultragut aus, ist aber anscheinend nicht mehr an mir interessiert?! Schnell kippte ich mein Glas Chianti runter und schenkte schwungvoll aus unserer Karaffe nach.

Den restlichen Abend konnte ich mich gar nicht mehr richtig amüsieren. Was war bloß los mit mir? Wieso hatte ich Peter eigentlich so brüsk abgewiesen?! Eigentlich war ich schon ein ganz schönes Miststück. Erst knutsch ich im Suff mit ihm rum, und dann weise ich ihn völlig brüsk ab, als ob nie was passiert wäre. Und der Gute kommt mit Rose und Brötchen und Co. an. Und nun sitzt er da, ganz businessmanlike und ich kann gar nicht aufhören, ihn anzustarren. Hm.....

„PAULA...... träumst Du, oder was, Dir läuft gleich der Sabber aus den Mundwinkeln."

„Nee.... ich träum nicht, höchstens von besseren Zeiten... ich geh mal eben auf Klo."

Irgendwie brauchte ich mal kurz 'ne Luftveränderung (obwohl... war die Wahl des Ortswechsels da wirklich gut?). Ich stiefelte also quer durch das Restaurant, mit arrogant hochgezogener Nase auch an Peters Tisch vorbei (obwohl, der konnt' mich ja eh nicht sehen, saß schließlich mit dem Rücken zum Gang), und ging erleichtert – aus jedwedem Blick entfernt – die Treppe zu den Toiletten runter. Hm... erstmal rein auf's Klo und gepinkelt. Danach ging es einem immer gleich besser und man hatte zumindest einen kleinen Moment für sich ganz allein. Allzulang durfte ich hier allerdings nicht verweilen, schließlich konnte ich Siggi da oben nicht ewig alleine sitzen lassen. Ich atmete also einmal tief durch (uh....) um mich mental zu stärken und beäugte mich dann noch kritisch in dem großen, antiken Spiegel, der über dem Waschtisch angebracht war.

Hm... naja.. eigentlich kein Wunder, daß Peter mich nicht mehr anguckt. Wahrscheinlich denkt er sich, „oh Gott... wie konnte ich nur mit der Olsch rummachen. Die sieht ja furchtbar aus." Hätt' ich heute doch bloß ein bißchen was Nettes angezogen, aber nein... ich trug meine alten ausgelatschten Chucks, Jeans und ein weisses Poloshirt (huch.... wie kam denn die Tomatensahnesauce da drauf?). Hm... naja.... ist halt die sportliche Variante. So schlecht nun auch wieder nicht. Paula, mach Dich nicht schlechter als Du bist! Aber meine Haare!! Oh Gott! Wie konnte denn das passieren?! War da nicht heute morgen mal 'ne Rundbürste drin? Ja, bin ich heute in den Regen gekommen und hab's nicht mitbekommen??? Und mein Make-up ist jawohl total verschmiert. Oh mann... naja, Peter wird mir wohl (leider?!) heute nicht auf Detailblicknähe zu Leibe rücken, sieht eher so aus, als ob er vorhat heute nicht mal näher als 5 m an mich heranzukommen. Also was soll's. Bloss nicht

Trübsalblasen. Auf zu Siggi, zum Chianti und zum Tiramisu!!! Jawoll! Mit neuem Schwung riß ich die Toilettentür auf und trat elanvoll auf den engen Flur in den Kellergang – wo ich sogleich mit Peter zusammenstieß. Für den Bruchteil einer Sekunde spürte ich seinen Körper und roch sein Aftershave. Hmmm.... roch gut! Oh.. und scheiße... er guckte mir dabei von einer höchstens 3 cm betragenden Entfernung mitten ins verhunste Make-up!

„Oh... äh.... hallo....." Meine Schlagfertigkeit gönnte sich wie immer genau im passendsten Zeitpunkt eine klitzekleine Auszeit.

„Hi Paula."

Himmel. Hatte der Mann schon immer diese braunen Augen mit den kleinen grünen Sprenkeln?

„Macht ihr Beiden Euch einen schönen Abend? Wart sicherlich shoppen, was?"

„Ähm.... ja... genau.... Ihr auch?" Oh man..... bin ich bescheuert?!? Die Männer-Gruppe sah nun nach allem Möglichen aus, aber sicher nicht nach ´ner Shopping-Runde! Ich merkte, wie eine leichte Röte mein Gesicht überkam. Klasse. Peter guckte mich leicht irritiert an. Gott... riecht der gut!

„Ähm... nein, das sind Arbeitskollegen von mir."

„Ach so.... aha.... arbeiten die auch alle im Shooters?" Äh... irgendwie ist das glaub' ich auch daneben. Ich färbte mich schon mittelrot.

„Nein.." Peter lachte ein bißchen „.. ich hab' gerade mein Studium beendet und arbeite jetzt als Anwalt. Im Shooters habe ich nur für ´nen Freund und der alten Zeiten zuliebe ausgeholfen. Macht mir aber immer noch Spaß und man lernt manchmal nette Leute kennen."

Irre ich mich oder fixierten mich seine Augen bei den letzten Worten noch mehr?! Ich konnte dem Blick bald nicht mehr standhalten, und auf der anderen Seite war ich geradezu wie gefesselt. Außerdem wurd' mir langsam bulleheiß und weich in den Knien. HILFE!

„Ähm... ja...." ich glaub, ich war bei feuerrot angelangt „ach so...."

„He Peter, Du bist ja noch nicht weit gekommen."

Gerade in dem Moment, wo ich fast bereit war, einen (wenn auch kurzen) Satz zu formulieren der über das Niveau von „äh", „oh" oder „öhm" hinausging, kam einer seiner Arbeitskollegen die Treppe runter, stellte sich zu uns (gezwungenermassen, da der Kellergang mit 3 Personen nahezu verstopft war) und guckte mich neugierig an. Wie ein scheues Reh im Schweinwerferlicht erfasste mich Panik und es gab nur einen möglichen Ausweg:

„Also... ja ... ähm... dann man noch einen schönen Abend" sagte ich und quetsche mich an Peter und seinem Kollegen vorbei, wobei wir uns nochmal berührten, was mir natürlich prompt die gerade wieder einigermaßen verblasste Schamesröte bis unter den Scheitel jagte.

„Ja, Paula, Euch auch."

Unsicheren Schrittes ging ich den Gang entlang und war mir ganz sicher, daß er und sein Freund mir hinterhergucken würden. Wie kommt es nur, dass man sich im normalen Leben völlig koordiniert vorwärtsbewegen kann, nur wenn es drauf ankommt und alle Blicke (oder zumindest die von jemand ganz bestimmten) auf einem ruhen, man plötzlich das Gefühl hat, als hätte man zwei verschieden lange Beine sowie einen gravierenden Hüftschaden? Als ich endlich die rettende Wendeltreppe erreichte und nach dem Geländer wie ein Ertrinkender nach dem Rettungsring griff, dreht ich mich nochmal um – und genau in dem Moment sah ich gerade noch, wie er sich schnell von mir wegdreht, die Tür zur Herrentoilette öffnet und schnell verschwindet. Hah! Ganz sicher. Er HATTE mir hinterhergeguckt.

Siggi hatte vor Langeweile anscheinend den Rest Chianti ausgeleert und schon Nachschub bestellt.

„Siggi... jetzt halt Dich fest. Eben......." und ich erzählte ihr haarklein über den Tisch flüsternder Weise alle Einzelheiten der Peter-Flur-Begegnung.

„Sag mal, kannst Du das glauben? Der Typ ist echt Anwalt!!!"

„Naja...." Siggi schaufelte genüßlich die Tiramisu in sich rein „daß er nicht hauptberuflich im Shooters arbeitet, war ja klar, und daß er studiert, wußte ich auch. Aber Anwalt hätte ich jetzt auch nicht gedacht."

Häääääääää?????

„Sag mal... das hättest Du mir doch auch mal alles erzählen können!!"

„Ach nee..... jetzt auf einmal hast Du wohl doch Interesse, oder? Hab ich Dir doch gleich gesagt, aber Du wolltest ja nicht auf mich hören."

„Oh man, scheiße Siggi, ich weiß auch nicht, irgendwas hat sich geändert. Irgendwie hab ich ihn nie richtig angeguckt, hab halt immer nur an Tom gedacht. Und nun will er mich nicht mehr!" Wären wir nicht im Restaurant gewesen, wäre das der Moment gewesen, wo ich frustriert und theatralisch mit dem Kopf auf die Tischplatte geballert wäre. Ging aber nicht, schließlich saßen seine Kollegen in geringer Entfernung. Es galt also, sich zusammenzureissen. Ich schaufelte also lieber verzweifelt und beherzt mit gehäuften Löffeln Tiramisu in mich rein und stierte auf den Tisch.

„Tschüß Ihr Beiden."

Röchel... prust... fast verschluckte ich mich an dem Klumpen in meinem Mund. Ich hatte Peter in meiner Rage gar nicht kommen sehen und nun stand er vor mir.

„Schönen Abend noch."

„Ühhh... oh..." ich hustete vor mich hin, verzweifelt bemüht, den Klumpen schnell runterzuschlucken.

„Ja. Danke Peter. Euch auch. Man sieht sich sicherlich bald wieder.... bestimmt schon am Samstag bei Sophia, oder?!"

Hah... Siggi mein rettender Engel...los... quetsch ihn aus! Aber halt... warte... woher sollte Peter Sophia kennen?!

„Ja klar. Bis dann also. Tschüß ihr Beiden" sprachs und war verschwunden. In dem Moment, wo die Glöckchen an der Tür sein Gehen signalisierte, hatte ich endlich den Großteil des süßen Hüftschwellers runtergewürgt.

„Menff Figgi, klaffe... auf Diff if verlaff....." nuschelte ich mit immer noch vollen Backen.

Gulp. Ah.. endlich...500 kcal in einem Schluck verschwunden.

„Aber sag mal, woher kennt er denn Sophia?"

„Keine Ahnung, aber ich hab die Beiden neulich mal zusammen in der Stadt gesehen und an dem Abend im Shooters hab ich sie auch quatschen sehen."

„WAAAASS?" Sophia, Sophia, und wieder Sophia. Dieses Weib macht mir jawohl das Leben zur Hölle!

„Nun bleib mal ganz ruhig Paula, sei doch froh, daß sie sich kennen, dann hast du Samstag wenigstens die Chance, ihn wiederzusehen.

„Hmmmmm....." Unglücklich und niedergeschlagen schmierte ich mit der Kuchengabel in den Tiramisuresten rum.

„Und das passende Kleid dafür hast Du auch!"

Ahhh..... spontan hellte sich meine Miene wieder auf und mein Blick wanderte automatisch zu dem Stapel Boutique-Täschen rüber.

„Recht hast Du Siggi.... das wäre doch gelacht. Schließlich war er mal sehr an mir interessiert."

„Genau. Der Samstag wird also von Operation Tom in Operation Peter umbenannt. Richtig?"

„Richtig" sagte ich und wir prosteten uns mit den Rotweinkelchen zu, daß der Bleikristallklang fast die Fensterscheiben des Restaurants zum Bersten brachte.

Aaahh....... wieso klingelt denn der Wecker??? Das kann nicht sein, heute ist Wochenende, irgendwas, Samstag oder Sonntag oder Feiertag oder was auch immer, auf jeden Fall nicht Aufstehtag. Mühsam patschte ich mit einer schlaffen Hand auf den Wecker und ließ mich geschwächt und gleichzeitig erleichtert durch die dadurch erwirkte Stille wieder in die Kissen plumpsen. Oh man.... langsam zog der gestrige Abend nochmal an mir vorbei. Hah! Blitzschnell öffnete ich die Augen, richtete mich wie von der Tarantel gestochen im Bett auf und fixierte beglückt die Boutique-Tüten in der Ecke des Schlafzimmers. Ich hatte sie gestern Abend extra so postiert, dass ich sie vom Bett aus sehen konnte, sozusagen das Letzte, bevor ich einschlief und das erste, nachdem ich aufwachte. Jaaa... es war kein Traum... sie sind da..... und hmmmmm....... diese tiefen braunen Augen mit den grünen Sprenkeln, umrahmt von langen dunklen Wimpern... wie er vor mir stand... so dicht. Ich konnte ihn riechen... und er roch sooooo gut... und seine Nähe machte mich ganz nervös. Mir war nie aufgefallen, wie gut gebaut er eigentlich ist. Und..... SCHRILLLL... oh man .... Kacke... Der Wecker riß mich abrupt aus meinen Gedanken. Mist. Es war anscheinend doch Aufstehtag. Mittwoch um genau zu sein. Ahrg.... war gestern erst um 2.00 Uhr im Bett gewesen. Oh mann... Mühsam hievte ich mich aus dem Bett und schleppte mich ins Badezimmer. Wie immer führte mich gleich der erste Gang zum Örtchen und danach pflichtbewußt auf die Waage.

O.K. Obst ist hiermit auch gestrichen. Sonst paß ich Samstag nicht in mein Kleid.

Ich kantaperte müden Blickes mit dicke Augenrändern in die Firma, knallte mich lustlos in den Drehstuhl, so daß mein Coffee to go, den ich mir am Bahnhof gekauft und irgendwie doch noch nicht runtergekriegt hatte, schwungvoll gegen den Plastikdeckel platschte. Wenigstens mein Kaffee war schwungvoll.

„Mann... was'n mit Dir los?! Vielleicht solltest Du mal die Augen aufmachen, oder hast Du heute morgen den Mascara mit dem Sekundenkleber verwechselt?"
Mißmutig öffnete ich das linke Auge und blinzelte grimmig in das grelle Bürolicht. Na toll. Biene war gerade am Frühstücken und zog sich ein 2000 kcal Brötchen rein. Käsestange mit Camenbert, gebettet auf Salat (oh, das geht....) und schwimmend in einer Remouladensauce (hm... geht wiederum nicht).
„Moin Biene! Würd sagen, Dein Tageskalorienbedarf ist damit gedeckt, oder?" HIHI!
„Oh! Madam ist auf Diät und läßt ihren Frust an mir aus! Was haben wir denn heute kalorienarmes auf dem Speiseplan? Ein leckeres Gurkenscheibchen?"
„Guten morgen Kinder!" Arabella stürmte, oder vielmehr „schwebte" durch die Bürotür. „Süße, ich brauch' mal dringend die Akte Schulze gegen Schulze, die müßte bei Euch sein" trällerte sie mir entgegen. „Gott! Schatz! Was ißt Du denn da für eine Kalorienbombe!!!???!!" Biene war gerade im Begriff gewesen herzhaft abzubeißen. Verplättet glotzten wir Arabella an, Biene mit dem Brötchen vor dem geschockten Gesicht, den Mund noch leicht geöffnet. „Also Kinder, das kann ich Euch aber sagen, dass ich das letzte mal so eine fetttriefende Mahlzeit zu mir genommen habe ist bestimmt schon sieben Jahre her. Sowas kommt bei mir nicht mehr auf den Tisch. Da ist es ja kein Wunder, wenn man auseinandergeht wie ein Hefekloß, und denk mal an

Deinen Cholesterinspiegel Süße!" Während sie sprach wackelte sie durchgehend mit ihrem perfekt manikürtem Zeigefinger in Bienes Richtung. Schnell fischte ich die Schulze gegen Schulze Akte aus dem riesigen Stapel der abzuhängenden Akten auf dem Fußboden und knallte sie Arabella gegen den nicht vorhanden Bauch. „Oh, danke Schatz, ich muß jetzt weiter, ihr glaubt ja gar nicht, was ich für einen Streß hab, das sag ich Euch aber..." und schwups donnerte die Tür hinter ihr zu. Noch ganz perplex drehte ich mich wieder Biene zu, die immer noch offenen Mundes, mit beiden Händen das Brötchen umklammernd, dasaß.

„Sach mal..... also sach mal..... also....." stammelte Biene.

„Reg Dich nicht auf, die Frau hat den absoluten Totalschatten."

„Also, ich geh da gleich mal hin und stopf ihr das gehässige Maul mit meinem Käsebrötchen. Hoffentlich erstickt sie dran."

„Ach Biene, wär' doch schade um das Brötchen!"

„Hmm...."

„Die kriegt ihr Fett schon noch weg, das sag ich Dir aber."

„Also ehrlich. Olles Miststück. Wenn Du über mein Brötchen lästerst ist das was anderes, ich zieh Dich ja auch auf. Wir dürfen das. Aber dieses blöde Klappergestell soll mal aufpassen, daß ich sie nicht auf 'nen Kleiderbügel zieh und an 'ne Stange hänge, dann denken die Leute, sie ist das Ärzteskellett im Schulunterricht!"

„Genau, gute Idee. Laß mal machen. Hab mich schon immer gefragt, was da so klappert, wenn sie neben mir auf dem Flur langlatscht. Dachte immer sie hat Angst vor mir und klappert mit den Zähnen, aber nein.... es sind die Knochen..."

„Huuuaahhh... hihhihiiihiiii...."

Wir wieherte schenkelklopfenderweise um die Wette als mein Chef ins Zimmer stürmte.

„Guten morgen die Damen, gute Laune wie ich höre, das freut mich. Frau Freitag, haben Sie das Gutachten schon .....". Mitten im Satz stoppte er, kam zu stehen und glotzte mich an.

„Ähh...." Ich saß noch immer mit Jack und Büx, die Tragetasche geschultert auf meinem Bürostuhl, den Coffee to go in der Hand und den Computer noch nicht angeschaltet. Ein Blick auf die Uhr verriet mir, daß es schon fast 11.00 Uhr war. Aber mal ehrlich, dafür, daß ich erst um 2.00 Uhr im Bett war, ist das doch ´ne Glanzleistung, oder?!

„Sind Sie gerade erst gekommen?"

„NEIN! Wo denken Sie hin?! Ich habe ganz schreckliche Monatsbeschwerden (das kommt immer gut, da wird er ganz rot) und war eben bei der Apotheke und hab mir was geholt. Ich hatte erst überlegt, heute ganz zu Hause zu bleiben, wegen der Unterleibskrämpfe, wissen Sie? Aber da dachte ich mir, das kann ich Ihnen ja nicht antun..."

„Ja ja.... nein, klar, gar mein Problem Frau Freitag, machen Sie man wie sie meinen, sehr nett, wirklich, ganz toll....." Er brabbelte noch einiges unzusammenhängendes Zeugs und verließ hochroten Schädels unser Zimmer! Ohne Gutachten oder was immer er wollte. Klasse. Ich machte mir vorsichtshalber ein rotes Kreuz in meinen Kalender, damit ich nicht in zwei Wochen nochmal die gleiche Geschichte abzog. Man weiß ja nie! Schließlich ist er ein Studierter!

Ich entledigte mich also meiner Jacke, schaltete den Computer ein, holte mir noch ´nen neuen Kaffee und rief erstmal Siggi an. Mal sehen, wie es ihr so ging.

„Schmolzenberg & Partner, Schramme, guten Tag. Was kann ich fü......."

„Man Siggi, spar Dir den Atem, ich bin`s." Bei Siggi in der Firma wird jetzt Monat für Monat der freundlichste Mitarbeiter gewählt und am Ende des Jahres gibt es dann Prämien – oder auch nicht!

„Ach.. hi Paula, Du bist's. Was ist, heute abend Muckibude?"

„Jawollja" rief ich voller Elan aus! „Hör zu Siggi, ich hab jetzt 'nen ganz tollen Diätplan, paß auf: Heute eß ich den ganzen Tag nix, sondern verdau noch den Itacker von gestern und mach dann extrem sporting heute abend, morgen mach ich Obsttag und extrem sporting und Freitag mach ich auch Obsttag und extrem sporting und Samstag penn ich den ganzen Tag meine Augenränder weg und steh erst zum Fertigmachen für die Party auf! Dann müßte ich nach Adam Riese knapp 10 kg weniger wiegen. Oh Scheiße, warte mal, dann muß ich ja mein Kleid noch zum ändern geben, aber ach, kein Problem, zwei Häuser weiter ist so ein 24 Stunden Änderungsservice, die kriegen das dann ja ganz fix hin!"

„Äähh.... Paula, ich will Dir ja nicht den Mut nehmen, aber ich denke, bis Samstag wirst Du es verdammig schwer haben, noch 10 kg abzunehmen, Du solltest Dich lieber drauf einstellen, dass das nicht ganz hinhaut."

„Ach was, Siggi, positiv denken! Das klappt. Ich weiß es genau!"

Wir verabredeten uns also für Abends für die Muckibude und ich machte mich so langsam aber sicher an die Arbeit. Punkt 12.00 Uhr – ich hatte gerade die Eingangspost gestempelt – machte ich mich freudig auf in die City auf der Suche nach ein paar passenden Schuhen für mein traumhaftes Kleid für Samstag. Und eins war klar – bei so einem Traum von einem Kleid durften es jetzt keine Billiglatschen sein. Oh nein! Da mußten richtige Schlappen her! Desweiteren brauchte ich noch einen Hauch von einem Höschen und einen trägerlosen – aber extrem aufpuschenden BH! 2 ½ Stunden später, überglücklich und total pleite kam ich wieder ins Büro, beladen mit Tüten!

„Oh man Paula, wo steckst Du denn die ganze Zeit. Dein Chef läuft gleich Amok, der dreht komplett durch!"
Oh mann.... jetzt ist die ganze Stimmung wieder im Arsch.
„Was denn? Was will er denn?"
„Keine Ahnung. Irgend eine Besprechung läuft da wohl gerade ab und er sucht Dich schon seit ´ner halben Stunde. Ich hab natürlich gesagt Du bist im Haus, gerade kopieren, Post holen oder sowas in der Art. Sieh zu, daß Du geschäftig aussiehst!"
Just in dem Moment, wo ich meine Handtasche und die verräterischen Tüten in die Ecke pfefferte, stürmte mein Chef zur Tür rein.
„Da sind Sie ja. Ich such Sie schon seit Ewigkeiten."
Schweißperlen glänzten auf seiner Stirn. „Zwei Lackaffen von Goschinny & Partner sitzen oben. Wir brauchen dringend mal die Verträge, die sind ja nun nur im Rohentwurf. Also bitte, Vertragsentwürfe ausdrucken und hochbringen. Das muß dann alles wirklich pronto pronto gehen Frau Freitag. Ich warte!" sprachs und düste ab Richtung Besprechungsraum.
Na toll! Wenn ich eins hasse, dann ist es, wie Piek Doof in den Besprechungsräumen rumzustehen und auf irgendwelche Änderungen zu warten. Oh mann. Gerade eben war ich noch bestens gelaunt, und nun sowas!

Ich machte mich also daran, die ollen Vertragsentwürfe auszudrucken, stapfte mißmutig die Treppen Richtung Besprechungsraum hoch, atmete einmal tief durch, setzte mein gewinnendes Chefsekretärinnenlächeln auf und riß schwungvoll die Tür auf, oh je... zu schwungvoll. Sie entglitt meine Händen (hätte ich doch bloss mit der

Handcreme gewartet, oder zumindest nur halb soviel genommen) und ich sah noch, wie sie mit Volldampf gegen die rechts im Raum angebrachte Schrankwand donnerte während ich noch höflich „Guten Tag" sagte, was bei dem lauten Knall natürlich keiner mitbekam.

Schepper ..... Krach ..... Polter. Zu allem Überfluss hatte sich die Türklinke mit dem in der Schrankwand verankerten Telefon verhakt und riß es beim Zurückschnellen mit einem lauten Knall zu Boden!.

Ich fühlte mich, als ob ich aus einem Flugzeug in die Tiefe stürzte – ohne Fallschirm wohlgemerkt. Mir wurde ganz anders, während ich schwitzend die Szenerie vor mir wie in Zeitlupe betrachtete. Mein Chef, wie er schmerzhaft bei dem Gepolter zusammenzuckte und sich auf die Zunge biß, weil er gerade dabei war, einen Keks zu verdrücken, Goschinny oder Partner oder wer auch immer, dem vor Schreck über das Getöse der Montblanc aus der Hand rutschte und Peter, der mich ruhigen Blickes anguckte – äh... Peter?! Ich konnte nicht weiter über diesen Umstand nachdenken, da die zurückschnellende Tür inzwischen wieder mich erreichte und mir frontal gegen den leicht vorgebeugten Kopf ballerte, so daß ich mit einem lauten „plumps" und einem nicht gerade damenhaften Grunzen auf meinen Hintern knallte, während die einzelnen Seiten der Vertragsentwürfe links und rechts neben meinem Gesicht zu Boden rieselten wie Neuschnee an Heiligabend.

Tja. Das ist der Moment, wo man am liebsten die Fernbedienung des Lebens nehmen und einfach nochmal fünf Minuten zurückspulen würde. Businesswomanlike würde ich dann beim erneuten Dreh der Szene die Tür öffnen, geschmeidigen Schrittes im adretten Kostümchen und Pumps hineingehen, nett guten Tag sagen und meinem Chef mit einem gewinnenden Lächeln in die

Runde die Verträge zur Linken legen. Vielleicht hätte mein Chef mich dann noch vorgestellt. Etwa „Meine Herren, darf ich Ihnen meine rechte Hand, ach, was sage ich, den eigentlichen Chef vom Ganzen, vorstellen, meine Sekretärin Frau Freitag. Ohne sie wäre es, als ob man mir die Hand abhacken würde." Irgendetwas nicht übertriebenes dieser Art. Vielleicht auch.... Eine Hand packte mich am Arm zog mich schier ohne Anstrengung sanft auf meine zitternden Beine, so daß ich diesen Gedankengang leider abbrechen musste. Auf meinem Weg zurück in die tragische Wirklichkeit und die Senkrechte schaute ich schnurstracks in zwei herrliche braune, leicht mit grün gesprenkelte, von langen dichten Wimpern umrahmte Augen. Hm... wenn mich nicht alles täuschte, konnte Peter sich kaum das Grinsen verkneifen. Direkt hinter ihm machte ich die auch leicht gesprenkelten Augen meines Chefs aus. Nur daß die Sprenkel in seinen Augen durch vor Wut platzende Äderchen hervorgerufen wurden und er verkniff sich anscheinend alles Mögliche, nur wahrlich kein Grinsen.

„Äh.... guten Morgen... äh .... guten Tag.... äh..... hier!" Mit diesen Worten drückte ich meinem Chef die hektisch vom Fußboden aufgeklaubten Seiten in die Hand und machte mich schleunigst vom Acker. Welch eine Schmach!!!!!! Ich stürmte mit hochrotem Kopf zurück in mein Büro, donnerte auch unsere Tür beim Aufreißen gegen die Wand, war aber mit Lichtgeschwindigkeit an meinem Platz, so daß sie bloß wieder scheppernd hinter mir ins Schloß knallte. Die Hälfte der Aktenordner flogen aus den im Türbereich liegenden Regalen, als ob der Poltergeist seine Hand im Spiel hätte. Biene biß sich vor Schreck auf die Zunge, die sie vor lauter Konzentration aus dem Mund hängen hatte, als sie dabei war, unseren bunten Teller verzweifelt nach den braunen Haribos abzusuchen (mal ehrlich, jeder mag die braunen am liebsten, wieso sind ausgerechnet davon am wenigsten da?! Hab noch nie jemanden am bunten Teller gierig nach den weißen krümeligen Kokosteilen grabschen sehen!). Ich riß den Telefonhörer von der Gabel, wählte Siggis Nummer und fiel ihr schon beim „Schmolzenb.....“ ins Wort.

„VERMASSELT“ plärrte ich verzweifelt, wobei selbst Biene aufhörte sich in Schmerzkrämpfen zu wälzen und ihre blutende Zunge schlagartig vergaß.

„Paula, was´n los?!“

„...   Peter...   Tür....   Scheißdrecksvertrag.........
Rums........Blödechefsau......
platschaufhintern......völligpeinlich.......
RUINIERT......SUIZIED!!!“ faselte ich wirr vor mich hin.

„RRRAAAAUUUUUUSSSS“ brüllte ich geistesgegenwärtig der in diesem Moment ins Zimmer kommenden Arabella entgegen, daß ihre Brüste durch den Windschwall nur so hoch- und runterhüpften. Völlig eingeschüchtert machte sie auch promt kehrt, wobei die ihr zu Berge stehenden Haare oben am Türrahmen langkratzten.

„Paula... nun mal ganz in Ruhe. Was ist los?“

Nachdem ich Siggi (und damit auch Biene – wie praktisch, in einem Abwasch) alles brühwarm erzählt und mich genügend hatte bemitleiden lassen beschloß ich, daß ich für den Hungerlohn, für den ich arbeitete, für heute (was sag ich, für's ganze Leben!) genug Schmach erfahren hatte und verließ eilends das Büro, bevor noch mehr passierte. Für etwaige Vertragsänderungen hinterließ ich meinem Chef bei Biene die Nachricht, daß ich a) krank (Regelschmerzen, böse Blutungen, Tampon vergessen, Unterleibskrämpfe) nach Hause gehen mußte und b) der Schreibpool sicherlich gerne für etwaige Änderungen zur Verfügung stand (war der heute überhaupt besetzt?).

Eine gute halbe Stunde später stürmte ich durch die elektronische Tür ins Fitneßstudio wobei ich mich natürlich prompt mit dem Riesengeschoß meiner Sporttasche (man weiß schließlich nie, was man alles so brauchen könnte) an der Türklinke verhedderte und bei meinem verzweifelten Kräftemessen mit dem Elektrogerät prompt mit Tom zusammenstieß, der mich und mein Sporttaschenungetüm kurz vor dem Kurzschluß aus dem Umfeld der hektisch auf- und zuklappenden Tür befreite (also ehrlich, wer hat sich eigentlich sowas dämliches wie Elektrotüren einfallen lassen. Die Glasdinger sind ständig schmierig von den vielen Fingerabdrücken. Kein Wunder, daß die Leute alle den „Bitte nicht drücken – Tür geht elektrisch"-Aufdruck nicht lesen können!).

„Hey Paula, willst Du mit der Tür anbändeln"? fragte Tom mich mit seiner rauchigen Stimme und guckte mir mit einem Zwinkern tief in die Augen. „Da kann man ja neidisch werden."
Uh... Achtung. Akuter Flirtalarm!
„Tja Tom, mit solch aufdringlichen Türen hab ich´s ständig zu tun. Siehst ja, diese da ist völlig aus dem Häuschen."
Wir blickten beide in Richtung Tür, wo inzwischen zwei von den Trainern die nun klemmende Tür mit fachmännischem Blick beäugten. Fragt sich bloß, welches Fach....?!
„Hm...." Tom lächelte mich verführerisch an. „Ist mir auch schon aufgefallen, daß Du Dein Umfeld ganz schön durcheinander bringen kannst – auf eine entzückende Art und Weise!" Täuschte es, oder kam er mir jetzt auch noch ganz schön nahe?
ALAARRRMMMMM! Sämtliche Sirenen brannten durch. Wo war nur der Ratgeber für solche Momente. Eine Sufleuse bitte!! Los Paula, sag jetzt nichts Falsches, irgendwas spritziges!
„Ähhh..." Wie unheimlich spritzig!

„Hey, ihr Zwei, was ist denn hier mit der Tür passiert?!" fragte einer der Trainer und kam auf uns zu. Oh jeh.... es war der, der am Anfang meiner Mitgliedschaft meinen Körperfettanteil gemessen hat. Ich HASSE ihn!
„Äh... Tom ich muß los, mein Kurs fängt gleich an." Mit diesen Worten stürmte ich davon und ließ Tom mit dem Trainer stehen.

In der Umkleidekabine war Siggi schon dabei, sich in ihr Fitneßtop zu quetschen. Meine Güte. Allein der Anblick des verzweifelten Ringen und Windens ließ mir kollegialiter den Schweiß auf der Stirn stehen. Die wahre Fettverbrennung kommt nämlich nicht durch das tapfere Strampeln auf dem Spinningrad sondern durch den Akt des Fitneßdreß-Anziehens. Da haben es die Männer doch mal wieder viel einfacher. Schwupsdiwups, eine Büx aus, die nächste Büx an, vielleicht noch das T-Shirt gewechselt, freudig die Sportschuh geschnürt und los geht's. Und wir Frauen: Würgen uns anstrengend aus dem Bürodreß (spätestens dabei werden die Perlonstrümpe komplett ruiniert, da hilft dann auch kein Nagellack mehr), verzweifelt versucht, bei der Entblätterung nicht sämtliches Make-up in die Klamotten zu schmieren und mit der haarsprayverfestigten Frisur nicht total in den Knöpfen der Bluse hängen zu bleiben. Hat man das dann alles einigermaßen hingekriegt ist man schon schweißgebadet, da das Ganze ja auch noch auf minimalem Platz erfolgen muß, sonst bleibt man mit den Haaren noch in den Knöpften der Bluse der Nachbarin hängen – noch schlimmer. Und dann kommt der noch viel schwierigere Teil – höchste Fettverbrennungsstufe: Man versucht, möglichst würdevoll in das hautenge Fitneßtop mit eingearbeitetem Sport-BH zu schlüpfen. Atmungsaktiv das Ganze, versteht sich. Resultierend aus der leichten Schweißschicht, die zu diesem Zeitpunkt schon die Haut bedeckt, der Hektik, weil die Problemzonengymnastik vor genau zwei Minuten anfing und man eigentlich auch noch auf die Toilette muß, kriegt man das olle Top gerade mal über den Kopf, da es sich spätestens auf Schulterhöhe zu einer zusammengerollten Wurst entwickelt hat. Spätestens dann ist man auf fremde Hilfe angewiesen. Siggi guckte mich erleichtert an, als ich sie vor dem Erstickungstod bewahrte indem ich ihr half, die Wurst zu entrollen und sie endlich das Top über die schon blau angelaufenen Brüste ziehen konnte. Nachdem wir uns gebührend begrüßt hatten und auch ich mich – mit Siggis Hilfe – in mein Sportdreß gezwängt hatte, kamen wir zu dem Schluß, daß wir den Start der Problemzonengymnastik jetzt schon um zu viele Minuten verpaßt hatten, das würde nur unangenehm auffallen wenn wir da jetzt noch mitmachen wollten. Also verschoben wir das Sportprogramm noch ein klein wenig und lümmelten uns statt dessen erstmal mit Vitamindrinks bewaffnet auf die Liegen im Ruheraum und bequatschten die aktuelle Lage.

„Paula, das ist alles halb so schlimm. Ehrlich! Gleich lachst Du bestimmt schon drüber. Hätte viel schlimmer kommen können!"

„Ehrlich? Wie das denn?"

„Nun, zum Beispiel, also stell Dir mal vor, äh..."

„Ruiniert, Siggi, ich hab alles vermasselt, totale Blamage...." plärrte ich weinerlich in meinen „Mister Vitamino" als Sophia den „Relaxe-Bereich" betrat.

„Hallo Ihr Süßen" säuselt sie, stratzte geradewegs auf uns zu und ließ sich auf der Liege uns gegenüber nieder.

„Hach, bin ich erschossen, Kinder ihr glaubt ja nicht, was ich heute alles schon gemacht hab. Spinning, Bauch Beine Po, Step, Aerobic, Tai-Bo..." zählte sie munter auf während Siggi und ich schweigsam an unseren Strohhalmen nuckelten.

„Ich hatte das Gefühl, ich könnte noch den letzten Schliff gebrauchen, bevor ich am Samstag meinen großen Auftritt habe, und habe daher den heutigen Tag ganz mir und meinem Körper gewidmet" erklärte sie fröhlich. Wieder betretenes Schweigen auf unserer Seite.

„Ach Süße, übrigens..." Sophia wandte sich mir zu. „Ich glaube, Tom findet Dich ganz schnucklig. Ihr würdet sicher ganz hervorragend zueinander passen. Und denk jetzt bitte nicht, Du wärst zweite Wahl, weil er bei mir nicht landen kann, oder so. So ist das nun einmal im Leben. Tom ist zwar niedlich, aber nicht ganz meine Kragenweite. Ich habe mich inzwischen anderweitig orientiert", sie kicherte verschmitzt „und ich denke, der Samstag wird ein voller Erfolg! Nun denn... Kinder, laßt es Euch noch gut gehen. Bis Samstag dann!" Mit diesen Worten schwebte sie aus dem Raum und ließ Siggi und mich völlig verdattert zurück.

„Äh.... ja also, was sagst Du denn jetzt dazu???" Ich glotzte Siggi verdattert an. „Die hat jawohl den totalen Höhenkoller! Zweite Wahl! Der hat wohl einer ins Hirn gesch......"

„Also meine Damen wirklich..." das Handtuchknäuel drei Liegen weiter links von mir äußerte sich lautstark. „Das ist doch hier ein Ruheraum und keine Talkshow. Klären Sie ihre Beziehungskisten doch bitte woanders." Schwups verschwand ihre knittrige Visage wieder in der Kapuze eines voluminösen Bademantels.

„Nun aber mal halblang, Sie verstecken sich doch absichtlich in dem Frottee-Teil um andere Leute zu belauschen." Die hatte mir gerade noch gefehlt.

„Genau." Siggi pflichtete mir loyal bei.

Empört nach Luft schnappend kam die Miesgestimmte wieder aus dem Frotteehaufen zum Vorschein.

„Ich muß doch sehr bitten! Ich möchte hier in Ruhe nach sportlicher Aktivität entspannen. Ich denke, es ist nicht zuviel verlangt, wenn Sie die Tragödie Ihres Singledaseins woanders besprechen!" Dabei guckte sie mich an. Blöde alte schrumpelige Ziege!

„Gute Frau, wenn Sie in Ihrer lang hinter Ihnen liegenden Jugend auch mal über in Betracht kommende Partner gesprochen hätten, hätten Sie nicht gleich den Erstbesten genommen und würden demzufolge nicht Ihre Entspannung in einem rosa gestrichenen, mit Plastikliegen ausgestatteten „Relaxe-Raum" in der Muckibude suchen sondern ganz woanders!" Zur Untermauerung meiner Worte riß ich vielsagend die Augen auf, daß sich die Wimpern auf gleicher Höhe mit den Augenbrauen kurz unter dem Haaransatz befanden und nickte vielsagend.

„Das ist doch die Höhe, nun werden Sie auch noch frech!" Sie hievte sich aus der Waagerechten hektisch in die Sitzposition wobei das um ihren Kopf geschlungene Handtuch bedrohlich wippte. In der anderen Ecke reckten Neugierige Ihre Köpfe in unsere Richtung.

„Mädels" Sophia streckte erneut ihren Kopf durch die Tür.

„Ein neuer Kurs Problemzonen-Gym" geht los. Da wollt ihr doch sicher mitmachen, oder?"

„Na nötig hätten sie's" nuschelte das Miststück im Frotteemantel. Sophia lächelte lieblich und war schon wieder verschwunden, bevor wir darauf etwas äußern konnten.

„Dann man los die Damen" lästerte der Frotteemantel weiter.

„Los Paula, wir gehen." Siggi kniff anscheinend. Die Situation drohte zu eskalieren. Da Siggi die Vernünftige von uns war und damit meistens ganz gut fuhr, beschloß ich, Ihrem Beispiel zu folgen und schloß mich ihr artig an, nichtsdestotrotz konnte ich mir das berühmte letzte Wort dennoch nicht verkneifen.

„Ja, bei uns fruchtet sowas noch. Jenseits der Grenze von Gut und Böse hilft nicht mal mehr Fettabsaugen! Schönen Abend noch!" und schon waren wir aus dem Relaxe-Raum verschwunden, gerade rechtzeitig, bevor ein feuchtes Frotteehandtuch hinter uns gegen die Glastür klatschte! Ups....

Trotz des ganzen Ärgers gingen wir tatsächlich zur Problemzonen-Gymnastik und führten unseren dringend notwendigen Plausch von Gummimatte zu Gummimatte weiter, während wir im Vierfüßlerstand irgendwelche Verrenkungen machten, die unser Hinterteil von welliger Birne in einen knackigen Apfel verwandeln sollten.

„Paula, jetzt mal Tacheles, vergiß die blöde Sophia. Sie lügt sicherlich nicht, da hätte sie ja nichts von. Du kannst Dir Tom angeln, das ist ja der Hammer!" Siggi blinzelte angestrengt zu mir rüber.

„Ja... toll."

„Wie .. ja toll.... ist das alles? Du wolltest ihn doch immer haben, nun kannst Du und willst nicht mehr, oder wie?!"

„Nö, glaub nicht... hm....."

„Meine Damen! Durchhalten und Konzentration! 20 noch davon." Die Trainerin – oder sollte ich sagen „Sklaventreiberin" - äugte kritisch auf mein schlaff abfallendes Bein. Von 90 Grad Winkel konnte da wirklich nicht die Rede sein. Ich hoffte, sie würde es nicht merken.

„Wie... Du glaubst nicht... jetzt sag mir nicht allen Ernstes, daß Du wirklich und richtig und ernsthaft in Peter – den Du schon längst hättest haben können - verliebt bist?!?" Siggi war so aufgeregt, daß sie völlig aus dem Takt kam.

„Doch" winselte ich kleinlaut während die Sklaventreiber-Trainerin sich auf den Weg zu uns machte und mir und meinem Bein zeigte, wo genau ein 90 Grad Winkel ist.

„Hier spielt die Musik Mädel, wenn Du da unten rumwurschtelst ändert sich an Deinem Hinterteil rein gar nichts. Das gleiche gilt für Dich." Mit diesen Worten riß sie auch Siggis Bein nach oben.

Grmblwürggrumble. Tapfer und uns der Blicke der anderen Leidgenossinen bewußt rackerten wir uns noch weitere 45

Minuten ab und verließen dann völlig erledigt und ohne weiter Zwischenfälle das Fitneßcenter. Siggi bot mir freundlicherweise an, mich nach Hause zu fahren, was ich dankend annahm - schließlich konnte ich mich auch kaum noch bewegen.

„Ohjeh Siggi, hoffentlich kann ich Samstag wieder gehen. Auf den Schuhen ist das im Normalzustand schon schwer genug, aber dann auch noch mit Muskelkater.. oh weia."

„Keine Sorge, das wird schon wieder." Ruckelnd bog Siggis uralter Ford Fiesta um die nächste Kurve – wo wir Peter auf dem Gehweg sahen. Und neben ihm die unbekannte Schönheit, mit der er schon im Ramazotti war.

„SIEEGGGGIII. Stop stop stop" brüllte ich. Und versuchte gleichzeitig, mich irgendwie in dem Wagen zu verstecken, aber so, daß ich auch noch sehen konnte. Hmm... ging nicht... scheiße. Siggi schlich im Schneckentempo kurz vor´m Absaufen hintern den Beiden her. Links von uns überholten uns gerade mehrere Wagen, nicht ohne daß uns die Fahrer ´nen Vogel oder gar Schlimmeres zeigten.

Peter und die Schönheit sahen völlig entspannt aus und gingen lachend und erzählend nebeneinander her. Siggi und ich kriegten uns nicht mehr ein, brabbelten wild durcheinander und rissen hektisch an Lenkrad und Schaltung rum bis unsere geheime Verfolgungsfahrt ein knallendes und damit gar nicht mehr geheimes Ende an der Stoßstange des Mercedes vor uns nahm. Eine 10tel Sekunde, bevor Peter und die Schönheit sich nach dem Knall umdrehten, waren Siggi und ich schon aus den Gurten befreit und quetschten uns – plötzlich gelenkig wie Gummimenschen - in den Fußbereich des Wagens. Auf Höhe des Schaltknüppels guckten wir uns verzweifelt an als auch schon die Fahrertür aufgerissen wurde und uns eine Kostümträgerin mittleren Alters vorwurfsvoll anstarrte.

„Äh...." war alles was Siggi rausbrachte. Immerhin, ich war nicht mal dazu im Stande. So ohne Frotteemantel hätte ich sie fast gar nicht erkannt!

„Nun meine Damen. Ich hatte recht. Sie sind wirklich tief gesunken." Komisch, irgendwie meinte sie damit glaub ich nicht nur unsere momentane Höhe im Wagen. Siggi begann gerade sich mit hochrotem Kopf aus dem Fußbereich ihres Wagens zu befreien, aber irgendwie hing sie am Gaspedal fest.

„Äh...." diesmal war ich es, die das Wort ergriff.

„Kann ich helfen?" Peter guckte hilfsbereit in unseren Wagen, hinter ihm der neugierige Blick seiner Begleiterin. Ich konnte gerade noch seinen verdutzten Blick sehen, als er erkannte, daß die peinlichen Kreaturen eindeutig Siggi und ich waren, als ich die Stimme meiner Schwester (meiner Schwester?? Was macht die denn hier??) hörte: „Paula, was machst Du denn da?" und ihr höhnisch grinsendes Gesicht sich in mein Blickfeld schob. Das nächste Gesicht, das neugierig in Siggis Fußraum guckte, trug eine grüne Schiebermütze mit Polizeiemblem vorne drauf. Damit war das Maß – und mein Blickfeld – voll.

Zwei Stunden später, nachdem die Polizei den Schadensvorgang aufgenommen hatte („was haben Sie in dem Fußraum gemacht???"), meine Schwester eilends zu Mutti eilte um ihr die Neuigkeiten zu berichten, Frau von Tannen zu Grünwald hämisch grinsend mit ihrem verbeulten Benz abgerauscht und auch Peter endlich von dannen getrottet war (er hatte es sich nicht nehmen lassen, uns als rechtlicher Beistand zu beraten), saßen Siggi und ich – immer noch stinkend in Sportklamotten – geknickt in meiner Küche, rauchten Marlboro Lights und tranken Rotwein. Das energische Klingeln des Telefons ignorierten wir wohlweislich. Auf ein Frage-und-Antwort-Spiel mit meiner Mutter hatte ich nun wirklich keinen Nerv.

„Tja... alles in allem hätt´s noch schlimmer kommen können" versuchte Siggi einen verzagten Aufheiterungsversuch.

„Ach wirklich, wie denn?" Hatte ich Siggi das nicht heute schonmal gefragt? Wie zur Antwort klopfte es energisch an meine Haustür. Wir guckten uns kurz verdutzt an, da bollerte es schon wild weiter.

„Paaauuuuullaaaaaaa, Siieegrriiieedddd, ich weiß da ihr da seid, los macht auf, ich brauch Euren Rat!"

Sophia! Es ging wirklich noch schlimmer! Und wie schlimm, sahen wir, als wir resigniert die Tür öffneten und Sophia an uns vorbei in die Küche rauschte – in einem bodenlangen, feuerroten Versace-Kleid. Es saß wie eine zweite Haut, einfach perfekt, tief ausgeschnitten und verrucht, aber trotzdem wahnsinnig edel.

„Kinder, ich weiß einfach nicht, welche Schuhe ich Samstag tragen soll?!" Wild hantierte sie vor unseren Augen mit zwei verschiedenen Paar Schläppchen rum und zählte für jedes Paar die „Für" und „Wider" auf.

„Ich weiß einfach nicht, ich weiß nicht. Welche passen nur besser, was meint Ihr?" Unsere Meinung schien sie nicht wirklich zu interessieren, bis jetzt jedenfalls hatten wir noch nicht einen Piep gesagt und sie sabbelte auch promt weiter.

„Schließlich hab ich Großes vor am Samstag" Sie kicherte verhalten, schielte nach der Weinflasche, schnappte sich ein Glas und goß sich spendabel ein.

„Ihr glaubt ja gar nicht, wie aufregend es ist, eine große Party zu organisieren, das ist schon was anderes als die üblichen „Wohnzimmerparties." Blöde Ziege, zur nächsten Wohnzimmerparty wirst Du auf alle Fälle nicht eingeladen.

„Und dann werde ich auch noch die große Flirtattacke starten. Und er wird mir nicht entwischen!" mit siegessicherem Lächeln nippte sie an ihrem Glas.

„Sophia... um wen geht's da eigentlich? Verrätst Du uns, wen Du ins Unglück stürzen willst?" Siggi wieder, sehr gut, weitermachen Sherlock Siggi.

„Na, um Peter Brunke natürlich, Dummerchen, ich dachte das wäre klar. Unheimlich gut aussehend, höflich, aufstrebender junger Anwalt. Den schnapp ich mir am Samstag, das laßt Euch mal gesagt sein. So, Kinder, seid mir nicht bös', aber ich muß wieder runter, ich seh schon, mit der Schuhproblematik könnt Ihr mir auch nicht weiterhelfen. Also dann, bis Samstag." Und schwups war sie aus der Tür gerauscht. Völlig verdattert saßen wir reglos in der Küche, nur das Klackern ihrer Absätze im Hausflur überzeugte mich, daß das gerade kein Alptraum, sondern die brutale Realität war.

„Hoffentlich stürzt sie und bricht sich ein Bein" sagte Siggi.

„Am besten gleich zwei" ergänzte ich bitter bevor ich auf meinem Küchenstuhl zusammensackte und einen mitleiderregenden Nervenzusammenbruch bekam.

„Oh Siggisiggisiggisiggisiggi... was nun? Bin geliefert! ERLEDIGT! Wenn er mich nach diesen ganzen Blamagen überhaupt noch anguckt, kann ich gegen die „Lady in Red" jawohl einpacken! Also ehrlich, ist drei Minuten hier, das Miststück, läßt eine Frechheit nach der anderen los und dann auch noch das. Die soll sich doch GEHACKT legen!" Zum Beweis der Ernsthaftigkeit meiner Aussprache leerte ich das vor mir stehende Glas in einem Schluck und knallte es danach donnernd wieder auf den Tisch, daß der randvolle Aschenbecher nur so hüpfte.

Zwei Stunden, zwei Flaschen Wein und zwei Packungen Marlboro Lights später hatten Siggi und ich immer noch nicht den perfekten Plan geschmiedet aber bei unserer fiesen Lästerei über Sophia 'ne Menge Spaß gehabt, immerhin. Gegen 1.00 Uhr krochen wir zusammen in mein Bett. Wir hatten beschlossen, daß es Humbug war, wenn Siggi jetzt noch nach Hause fuhr – „fuhr" wäre auch gar nicht mehr möglich gewesen. Das große Doppelbett hatte ich mir eigentlich mal für den Fall der Fälle gekauft, daß tatsächlich mal ein Mann in mein Leben treten würde, für die Zwischenzeit erweist es sich allerdings auch als praktisch, wenn Siggi ab und an mal bei mir versackte. Wir kramten schnell noch Siggis bei mir geparkte Bettwäsche raus (ein Wunder, daß sie keine eigene Zahnbürste bei mir hatte), und knallten uns, noch immer quatschend, schnatternd und lästernd ins Bett, bis wir dann endlich einschliefen.

AAAAAAAAHHHHHHHHHHHHH! Nach Siggis panisch gellendem Schrei, nachdem mein Wecker um 7.00 Uhr mit vollem Elan bimmelte, brauchte ich erstmal fünf Minuten um meinen Puls wieder in einen überlebensfähigen Zustand zu kriegen. Nachdem die Sterne langsam vor meinen Augen verschwanden, knallte mir Siggi zu allem Überfluß noch meinen Teddi ins Gesicht.
„Sach mal spinnst Du?" schnaufte ich, noch immer außer Atem.
„Oh man Paula, ich hasse Deinen Mordswecker! Da braucht man ja keine Zähne mehr putzen, der Zahnbelag bröckelt einem schon so vor Schreck weg."
„Na bitte, ist doch praktisch, weiß gar nicht, was Du hast. Wenn man sich abends nach einer wilden Party nicht abgeschminkt hat, sieht man die Sünde auch nicht morgens im Spiegel, weil ja alles abbröckelt wenn der Wecker klingelt – hm, na ja, spätestens beim Blick in den Spiegel würd eh alles abbröckeln, oder wenn...."
„Ach quatsch mich nicht voll hier morgens um diese Zeit."
Ich nahm meinen Teddi an mich und kuschelte mich tief ins Kissen, mein Gesicht Siggi zugewandt, die noch die Augen geschlossen hatte und eine Welle der Zuneigung überspülte mich. Ach, was würd ich ohne sie tun, meine Siggi ist echt klasse. Ist immer für mich da, hat immer

Verständnis, weiß immer was ich gerade mache, tue, denke..."

„Was glotzt Du denn so? Es ist Donnerstag morgen, kurz nach sieben Uhr und ich frag mich was in Dreiteufelsnamen Du so glotzt?!" Urplötzlich hatte sie die Augen aufgerissen und stierte mich an, als ob ich ′nen Vollschatten hätte. Hm.... na ja, auch Siggi ist halt nicht perfekt. Muß die Anspannung sein, weil der Tag von Sophias Mega-Super-Party immer näher rückt. Wahrscheinlich hat sie Angst, daß sie nicht mehr in ihr Kleid paßt, oder..

„Paula... bist Du heute Nacht von Aliens entführt worden und nur Deine Hülle ist zurückgekommen? Oder bist Du über Nacht wahnsinnig geworden? Was glotzt Du denn so?! Normalerweise braucht man doch ein Sondereinsatzkommando um Dich morgens wach zu kriegen, was ist los?!

„Hm.... Siggi, was ist denn, wenn Sophias Plan aufgeht? Übermorgen ist die Party und ich habe all meine Vorhaben schon im Vorwege ruiniert. Und nun auch noch Sophia die blöde Kuh. Meinst Du, ich schaff es noch, bis Samstag abend 10 Kg abzunehmen?"

„Könnte ein bischen knapp werden, aber ...."

SCHRILLLLLLLLLLLLLLLLL! Der Wecker machte uns erneut liebevoll darauf aufmerksam, daß heute leider noch kein Wochenende ist, sondern dringende geschäftliche Aktivitäten unsere Anwesenheit in der Firma erforderten. Ich für meinen Teil hätte diese dringenden geschäftlichen Aktivitäten guten Gewissens noch ein bischen warten lassen, aber Siggi war zu meinem Bedauern schon dabei ein für allemal die Nacht zum Tag zu erklären. Sie wurschtelte sich aus der Bettdecke und schwang sich mit einem herzzerreißenden Stöhner schwungvoll dynamisch aus dem Bett in die Senkrechte – und verheddertte sich in unseren vor dem Bett achtlos hingeschmissenen

Klamottenbergen, so daß sie mit großem Getöse und noch größerem Aufschrei gleich wieder auf dem Fußboden landete.

„Ey Siggi" ich lugte vorsichtig über die Bettkante auf den Fußboden, wo Siggi sich gerade mit schmerzverzerrtem Gesicht hin- und herwälzte.

„Ey Siggi" versuchte ich es nochmal. „Hast Du Dir weh getan?"

Siggi guckte mich nur an, und da merkte ich schon, wie es sich auf meinem Gesicht breit machte. Langsam fing es an den Mundwinkeln an, ich versuchte noch, es gegen eine mitleiderregende Mimik auszutauschen, aber ohne Erfolg. Ich fing schallend an zu lachen, schmiß mich zurück in meine Kissen und konnte mich kaum noch einkriegen! Nachdem Siggi mich mit ihrem Kissen verprügelt hatte, fiel sie auch in mein schallendes Gelächter ein, und nachdem wir uns überzeugt hatten, daß sie noch alle Gliedmassen bewegen konnte machten wir uns flugs fertig und verließen bestens gelaunt das Haus. Unsere gute Laune erhielt prompt einen Dämpfer als wir bei Siggis leicht verbeultem Wagen ankamen.

„Oh Scheiße, das hatte ich ganz verdrängt!" Siggi beäugte deprimiert ihren Wagen.

„Guten morgen Ihr Beiden."

Wir drehten uns um und sahen – nicht gerade zu unserer Freude - Sophia mit schwingen Locken, Hüften, Brüsten und was sonst noch so schwingen kann, aus dem Haus kommen. Sie kam leichtfüßig auf uns zu und guckte entsetzt auf den verbeulten Fiesta.

„KINDER, was habt IHR denn gemacht?!?" Täuschte ich mich, oder hatte sie Schwierigkeiten, sich ein leicht hämisches Grinsen zu verkneifen?

„Och, Sophia, wenn man den richtigen Anwalt hat, ist so eine kleine Beule gar kein Problem."

„Ach ja Paula, Du arbeitest ja beim Anwalt, da ist Siggi ja an der Quelle, da brauch' ich mir ja keine Sorgen zu machen."

„Brauchst Du nicht Sophia, wirklich nicht" Siggi hatte ihre Sprache langsam auch wieder gefunden.

„Ach Sophia, ich arbeite zwar beim Anwalt, aber man hat ja für jedes Malheur so seinen Spezialisten. In dieser Sache haben wir den Beistand von Peter Brunke!"

Hah.... Strike! Da glotzt sie nur! Auch Siggi bekam langsam wieder ein Grienen zustande.

„Ja genau, deswegen müssen wir jetzt auch los, ich muß Peter gleich vom Büro aus mal anrufen und alles weitere besprechen, komm Paula, steig ein, tschüss Sophia, schönen Tag." Mit diesen Worten schloß Siggi den Wagen auf, ich grinste Sophia lieblich zu, stieg ein und winkte noch freundlich, als wir schon um die Ecke düsten.

Siggi fuhr mich schnell in der Firma rum (hach welch ein Luxus für eine leidgeprüfte Bahnfahrerin) und versprach, mich SOFORT von etwaigen Neuigkeiten betreffend Autounfall/Peter in Kenntnis zu setzen. Sie mußte sich natürlich wirklich mal mit ihm in Verbindung setzen. Die olle von Tannen zu Grünwald würde ihr bestimmt mit großer Freude eine mehrseitige Autoreparaturrechnung zukommen lassen.

In der Büroküche stieß ich mit meinem Chef zusammen, der vor Schreck fast seinen Kaffeebecher fallenließ als er mich sah.

„Guten morgen" sagte ich artig. Tja, da konnte er mal sehen, Es war grad mal 8.20 Uhr und ich war schon im Büro, hah... sehr gut, ein paar Pluspunkte auf meinem Mitarbeiterbewertungskonto konnten wohl nicht schaden.

„Guten morgen Frau Freitag" er guckte mich mißtrauisch an; hatte wohl Angst, daß ich es doch nicht bin und er an einer Halluzination litt. Ich drängelte mich an ihm vorbei zum Kaffeeautomaten.

„Gut, daß Sie heute schon so zeitig hier sind, die Vertragsverhandlungen gestern standen ja irgendwie .... äh ..... unter einem .... nun ja, sagen wir mal ..... schlechten Stern. Daß Sie nun von dem Sturz eine Gehirnerschütterung davongetragen haben, tut mir natürlich leid. Ich hatte auch damit gerechnet, daß Sie noch krankgeschrieben sind, aber..."

„Paula!!!! Äh... guten morgen Herr Dr. Stolzer, äh, Paula, haben sie Dich schon wieder aus dem Krankenhaus rausgelassen? Das ist aber unvernünftig von Dir!" Biene war in die Küche gerauscht und guckte mich tadelnd an.

„Äh....." Häh?

„Ja, also, Frau Freitag, wenn es Ihnen noch nicht wieder gut geht...."

„Äh, doch, also ...."

„Übernehmen Sie sich nicht, da hat ja niemand was davon, die Gesundheit geht vor. Die Herren Goschinny & Co. werden sich im Laufe des Tages wegen der Vertragsänderungen melden und zur Not muß dann halt der Schreibpool aushelfen." Mit diesen Worten wurschtelte er sich unbeholfen an uns vorbei und düste in sein Büro. Biene grinte mich schelmisch an.

„Häh?" ermunterte ich sie zu einem Aufklärungsbericht.

„Na, Du machst Dir ja keine Vorstellung, wie der gestern in unser Büro gefegt kam, kurz nachdem Du weg warst, ich dachte, der platzt jeden Moment aus dem Anzug, da konnte ich ihm nicht allen Ernstes sagen, Du bist wegen Regelschmerzen nach Hause?!"

„Sondern?"

„Nun ja, ich hab das Ganze halt ein bischen ausgeschmückt, kannst mir dankbar sein!"

„Bitte genauer!"

„Äh…, also, ich hab gesagt, Du hättest durch den Zusammenstoß mit der Tür wohl eine Gehirnerschütterung und wärst mit dem Krankenwagen abgeholt worden!"

„Ach so…"

„Paula ehrlich, das war nötig, ansonsten hättest Du jetzt wirklich eine, nämlich von dem Durchgeschüttel, daß er mit Dir veranstaltet hätte!"

Hm… bei genauerer Betrachtungsweise schien mir die Geschichte eigentlich ganz angenehm zu sein. Ich beschloß also ein wenig leidend über den Flur zu schleichen und mich nicht zu überarbeiten.

Gegen 11.00 Uhr kam endlich der ersehnte Anruf von Siggi.

„Und??? Hast Du mit ihm gesprochen?"

„Ja. Er regelt das alles für mich, Paula der Typ ist echt ´ne Wucht. Er hat schon mit der von Tannen zu Grünwald gesprochen und ihr auf charmante Art und Weise ein wenig den Wind aus den Segeln genommen. Wir regeln das über die Versicherungen und gut."

„Prima! Und sonst, hat er sonst noch was gesagt?"

„Er hat sich natürlich nach Dir erkundigt. Er wird Dich heute auch noch anrufen!"

„Ehrlich???" Ich konnte es kaum glauben. Er will mich anrufen. Yippie, vielleicht wollte er mich zum Essen einladen oder ins Kino oder auf einen Drink, oder fragen, ob er mich Samstag abholen soll, oder….

„Ja, wegen der Verträge, die Du gestern im halben Büro verteilt hast."

„Oh…."

„Wart mal ab Paula, der mag Dich ganz bestimmt noch. Das merkt man. Und Samstag wird sicherlich ein voller Erfolg. Wer weiß, vielleicht passiert ja schon was Aufregendes während Eures „Geschäftstelefonats."

„Oh.... Siggi, mir wird schlecht, das vermassel ich bestimmt auch."

„Ach was, nun hör aber mal auf! Was solls denn da zu vermasseln geben?!"

Biene, die eigentlich fleißig Diktate zu schreiben hatte, hatte inzwischen ihre Stöpsel, mit denen sie der lieblichen Stimme ihres Chefs lauschte aus den Ohren genommen und hörte angestrengt zu, war sogar schon dabei, ihren – unabgefragten – Senf dazuzugeben.

„Hmmm.... ja.... wird schon werden" äußerte ich mich euphorisch.

„Du rufst gleich an, wenn er sich gemeldet hat!"

„Ja Siggi, mach ich."

Mit weichen Knien legte ich den Hörer auf und war mir der Tatsache bewußt, daß die Leitung jetzt für Peter frei war. Oh jeh, das durfte ich nicht wieder vermasseln. Auf keinen Fall!

DUDELIDUDELI. Oh Gott, das Telefon! Mit urplötzlich schwitzigen Händen (wie schnell so was manchmal ging) nahm ich den Hörer ab, meldete mich vorbildlich mit voller Firmenbezeichnung und charmanter Stimmlage – und hörte meine Mutter.

„PAULA! Kind, daß man Dich mal erreicht. Ich mach mir ja SOLCHE Sorgen!!! Was ist denn das für ein Unfall, von dem die Vero mir da erzählt hat, ja was macht Ihr denn für Sachen? Geht´s Dir gut? Der Sigried auch?? Ja Kind, sag doch was?!" Ich nahm mir vor, künftig genauer die Nummer auf dem Display zu studieren, bevor ich hektisch den Hörer abnehm – wenn einem schon solche Möglichkeiten gegeben werden, sollte man sie auch nutzen.

Nachdem ich Mutti davon überzeugen konnte, daß sowohl bei mir als auch bei Siggi nichts kaputt gegangen war, was man nicht reparieren konnte (von meinem Selbstbewußtsein mal ganz abgesehen), harrte ich noch eine weitere Stunde vor dem Telefon aus, studierte sämtliche mir das Display anzeigenden Nummern von eingehenden Anrufen, von denen aber keine auch nur im mindesten der von Goschinny & Partner glich und nahm demzufolge auch gar nicht erst den Hörer ab um die Leitung nicht unnötig lange zu blockieren. Nachdem das alles nicht fruchtete und der ersehnte Anruf von Peter ausblieb, ging ich erstmal zur Mittagspause und bummelte gedankenschwer durch die City. Hm..... wann ruft er denn nun endlich an? Und was sag ich dann? Bleib ich beruflich oder sag ich was privates? Hm....

Noch so in Gedanken kam ich von meiner Pause zurück und mußte voller Entsetzen die E-Mail der Zentrale lesen, daß ein Herr Brunke versucht hätte mich zu erreichen, ein Rückruf meinerseits aber nicht nötig wäre, da er seinerseits jetzt nicht mehr zu erreichen wäre, da er geschäftlich unterwegs sei. Desweiteren läßt er viele Grüße an mich ausrichten und teilt mit, daß er die Änderungen des Vertrages per Fax schickt.

Ahhhhhh... oh mann, schon wieder vermasselt!

Gramgebeugt schlich ich den Rest des Nachmittags über den Flur, änderte artig den tatsächlich per Fax eingegangenen Vertrag (oh.... ob das seine Handschrift ist?), legte alles meinem Chef hin und ging dann um 17.00 Uhr, um mich mit Siggi in der Muckibude zu treffen. Ich war so enttäuscht darüber, Peter nicht gesprochen zu haben, daß ich mich nicht mal darüber freuen konnte, heute gar nicht gesündigt zu haben. Keine einzige Kalorienbombe war über meine Lippen gewandert. Meine Stimmung war derart im Keller, daß es nur noch hätte schlimmer werden können, wenn Frau von Tannen zu Grünwald die

Gummimatte neben mir im Bauch-Beine-Po-Kurs belegen würde.

Aber nichts dergleichen passierte, Siggi und ich absolvierten tapfer zwei Kurse (ist das zu fassen?!), trafen weder auf Frau von Tannen zu Grünwald noch auf Sophia und nicht mal auf Tom, so daß ich dann doch mit aufmunternden Worten von Siggi gestärkt relativ entspannt gegen 21.00 Uhr zu Hause ankam – und dort die Anrufbeantworterbirne leuchten sah.

Mir blieb für eine Zehntelsekunde das Herz stehen, dann fing es an wild hin- und herzuhüpfen. Oh Gott.... was, wenn das ein Anruf von Peter ist?! Wahrscheinlich ist er gerade erst von seinem Termin zurück und konnte die Sehnsucht nach mir nicht mehr unterdrücken, hat bei der Auskunft oder Sophia oder sonstwo meine Nummer her und .... ohhhh... Voller Aufregung drückte ich die „Play"-Taste. Tatsächlich war eine Männerstimme auf dem Band, aber leider nicht die von Peter sondern Tom.
„Hallo Paula, da staunst Du was? Hab mir Deine Nummer von Sophia besorgt. Tja, leider bist Du nicht zu Hause, sehr schade!"
Ach Du Scheiße, jetzt hab ich den Salat! Genau das was ich ursprünglich mal wollte, war eingetreten. Allem Anschein nach – und das konnte ich wohl ganz ohne falsche Bescheidenheit sagen – war Tom extrem an mir interessiert.
Biep.
Nach Tom sabbelte noch Caro völlich hysterisch auf´s Band, daß sie immer noch nicht wisse, was sie am Samstag anziehen soll, und da auch Stella in dieser prekären Situation war und die beiden vermeiden wollten, wieder im gleichen Outfit zu erscheinen, hatten sie spontan

entschlossen, sich morgen freizunehmen und gemeinsam shoppen zu gehen.

Na, die beiden konnten das gut haben. Immer noch in Sportklamotten knallte ich mich aufs Sofa und rief Siggi an.

„Siggi, halt Dich fest, Du glaubst ja nicht, wer angerufen hat?!?"

„Peter???"

„Nein, leider nicht, warte, ich spiel´s Dir vor."

Ich hielt den Hörer an den Anrufbeantworter, so daß Siggi das Brunftgeschrei von Tom hören konnte.

„Alter Falter, Paula, jetzt bist Du fällig! Der läßt so schnell bestimmt nicht mehr locker."

„Wie?! Ich will nichts von dem!"

„Ja, ich weiß das, aber er anscheinend nicht!"

„Na toll, wahrscheinlich hat Sophia noch ordentlich die Werbetrommel für mich gerührt, damit er von ihr abläßt und sie freie Bahn für Peter hat!"

„Ja, das kannste haben."

„Na toll, Siggi, mach mal was!"

„Wie, was soll ich denn machen? Freu Dich doch, daß Du so´nen guten Start bei den Männern hast!"

„Was für „Männer", anscheinend hab ich nur ´nen guten Start bei Tom und den will ich überhaupt nicht, ich will ´nen guten Start bei Peter, aber die einzige, die immer allerbestens durchstartet, scheint hier Sophia zu sein!"

Mucksch boxte ich gegen das neben mir liegende Sofakissen.

„Ach, nun steck doch nicht gleich den Kopf in den Sand, das wird schon. Peter ist nicht so ´ne – zugegeben, echt schöne – Hohlfrucht wie Tom, ich glaub nicht, daß der auf Sophia reinfällt."

„Na, Dein Wort in Gottes Ohr."

„Ganz bestimmt Paula, und nun geh ich wieder zurück unter die Dusche, da hast Du mich nämlich gerade rausgeholt, meine Haarkur verklebt gerade den Wohnzimmerteppich."

„Jaja, ich merk schon, wie Du Deine Prioritäten setzt" versuchte ich Siggi noch schnell zu einer Verlängerung des Telefonats zu „überzeugen." Klappte aber nicht.

„Genau Paula, wir hören uns morgen, schlaf gut."

„Ja, Du auch, gute Nacht."

Nachdem ich noch kurz mit Caro über die Problematik des richtigen Outfits für Samstag telefoniert hatte ging ich auch endlich unter die Dusche, cremte und massierte was das Zeug hielt (ob diese Anti-Cellulite-Gels wirklich helfen?), ging danach ins Bett und war ziemlich schnell eingeschlafen.

Als der Wecker am nächsten Morgen klingelte, war ich – für meine Verhältnisse – extrem schnell wach. Es war Freitag morgen, der Tag vor der großen Party, 7.00 Uhr, und der Mann im Radio wollte den Zuhörern doch allen Ernstes schon wieder verkaufen, daß das Aufstehen Spaß macht. Ich frage mich, ob es wirklich irgendeinen Vollidiot im gesamten Sendegebiet gab, der fand, daß er Recht hatte! Wohl kaum. Ich taperte mürrisch ins Badezimmer, machte das Licht an und guckte – nachdem der allmorgendliche Erblindungsanfall nachgelassen hatte (vielleicht sollte ich mir mal angewöhnen, die Jalousie oben zu lassen, dann ist es nicht so ein Lichtschock?!?) – prüfend in den Spiegel. Hm.... wo war die Powerfrau, deren Anblick ich eigentlich schon seit längerem erwarte? Nichts von zu sehen. Wartet wohl noch auf ihren großen Auftritt. Hm.... ich stellte mich auf die Waage. Nach einer betretenen Schweigeminute – zu einer Gemütsäußerung war ich nicht mehr fähig - ließ ich mich ermattet auf den Klodeckel sinken. Herrje..... heute ist Freitag, der Tag vor der großen Party, ich habe nicht einen Fatz abgenommen (wenn man´s genau nimmt, sogar 2 Kg zugenommen), meine Fingernägel sind immer noch brüchig, meine Haare immer noch kraftlos und ich versuche, den Mann zurückzuerobern, den ich schon hätte haben können, den ich aber mit beiden Händen weggestoßen habe. Ach, was sage ich, weggetreten kommt eher hin. Ich habe es noch nicht einmal fertiggebracht, einen zu mir passenden Lippenstift zu finden. Es ging einfach alles schief.

Ich war quasi kurz davor, in Selbstmitleid zu zerfließen, als sich meine Miene plötzlich aufhellte: Aber ich habe ein neues Kleid!!! Und was für eins!!! Und dazu passende Schuhe! Hah!

Wieder ganz guter Dinge (nun ja, ich gebe zu, wenn man frustriert auf dem Klodeckel vor sich hinwegetiert, ist eine Steigerung nicht ganz schwer) kam ich um halb neun in der Firma an. Mit Obstsalat! Jawoll. Mein Chef und Biene, die beide in der Küche standen, guckten mich irritiert an. Mein Chef wegen der Uhrzeit und Biene wegen des Obstsalates! Ich guckte die beiden nur trotzig an (also ehrlich, als wenn ich IMMER zu spät kommen und sonst NIE Obst essen würde) drängelte mich an ihnen mitsamt sämtlichen benötigten Geschirrs, Kaffee etc. vorbei und ging in unser Büro. Biene folgte mir auf den Fuß und trat mit selbigem die Tür hinter sich zu.
„Sach mal, bist Du krank?"
„Wieso? Seh ich so aus?"
„Nee, das nicht, aber erstens ist es kurz nach 8.00 Uhr und zweitens ist das in Deiner Hand eine Schüssel mit Obstsalat."
„Ja, ich weiß."
„Ach.."
„Ich achte eben auf meine Gesundheit und auf meine Linie, das ist doch wohl nun wirklich nichts Neues!" erwiderte ich

schon leicht gereizt. In dem Moment kam Arabella ins Zimmer.

„Ach, immer noch auf Diät?"

„WIESO??"

„Sie ernährt sich immer gesund und achtet auf ihre Linie" erklärte Biene freundlicherweise. Also ehrlich. Sarkasmus mir gegenüber vor dem Feind, das ist jawohl das Letzte!

Arabella guckte ziemlich irritiert, weil sie nicht wußte, ob das nun ein Scherz sein sollte. Ich mußte zugeben, so langsam machte sich ein Schmunzeln bei mir breit. Aber dafür würde Biene noch einen kriegen, trotzdem....

„Ja, Arabella, mir ist aufgefallen, daß Deine Haare ziemlich stumpf aussehen. Das spricht mir für einen deutlichen Vitamin C Mangel" stocherte ich.

Biene nickte zustimmend. Arabella guckte bestürzt drein.

„Ehrlich? Ach, das ist mir noch gar nicht aufgefallen! Ja, was kann ich denn da mal machen?" Hektisch fingerte sie sich in den Haaren rum.

„Du solltest mal Deinen ungesunden Lebenswandel unter die Lupe nehmen und ändern! Schlimmstenfalls können Dir die Haare sogar ausgehen!" Vielsagend zog ich dramatisch die Augenbrauen bis zum Haaransatz und nuckelte vorbildlich an meinem Orangensaft.

Zum Glück klingelte in dem Moment mein Telefon, ansonsten hätte ich wohl nicht länger an mich halten können. Erleichtert griff ich geschäftsmäßig – Arabella für diese Unterbrechung entschuldigend anlächelnd – nach dem Hörer – und verschluckte mich prompt, als sich Peter am anderen Ende meldete.

„Oh .. äh.... hallo Peter" ich wischte mir mit dem Ärmel den Orangensaft vom Kinn. Wenigstens machte sich Arabella gerade vom Acker, wahrscheinlich auf zum nächsten Spiegel.

„Morgen Paula, dann frühstückst Du also wieder?"

„Wie?"

„Na, Du hattest doch mal gesagt, daß Du nicht frühstückst. Ich stelle erfreut fest, daß Du diese schlechte Angewohnheit anscheinend abgelegt hast. Und Deine Fastenkur scheint ja auch schon seit längerem beendet zu sein."

„Ach so, äh, ja, äh, bin fertig, beendet, genau." Oh man, ich kriegte echt keinen einzigen Satz raus, wenn der Mann zugegen war, Biene guckte mich schon schief an.

„Schön. Gestern hatte ich Dich leider nicht mehr erreichen können, ich habe Dir die Verträge dann durchgefaxt. Konntest Du die Änderungen lesen?"

„Oh, ja, alles prima, kein Problem, ist alles schon erledigt."

„Prima, vielleicht finden wir dann ja doch noch zusammen."

„Äh... wie..... wir.... was?" Huch, ich kann nicht mehr folgen, hab ich irgendwas nicht mitbekommen? Will er jetzt ein Date? Oder wie oder was?

„Ich meine eine Einigung zwischen den Vertragsparteien!"

„Ach, die Vertragsparteien, ja klar .... ist klar!" Oh jeh... ich schaff´s aber auch echt immer wieder! Könnte schwören, daß er sich ein Lachen kaum verkneifen kann, man bin ich blöd!

„Ich nehm an, Dein Chef wird sich dann wieder bei uns melden, sobald er mit seinem Mandanten alles besprochen hat."

Oh jeh.... sollte das jetzt echt das Ende dieses beschissenen Telefonats sein? Los, Paula, sag was!

„Ja, denk ich auch." Oh klasse Paula, echt!

„O.K. Wir sehen uns ja dann am Samstag nehm ich an?"

Oh, Gott sei Dank, wenigstens EINE private Äußerung.

„Ja, ich werde da sein."

„Schön, vielleicht können wir uns ja dann noch weiter unterhalten, bei einem Canapé, da Du ja jetzt wieder ißt?"

Irre ich mich, oder machte er sich über mich lustig?!

„Ja, gerne!" Eine spritzige Antwort ist immer das Beste, gut, daß mir das eingefallen ist.

„Schön, ich freu mich. Bis dann, Paula."

„Bis dann."

Und schwups war das Telefonat beendet. Ich starrte noch eine Weile auf das vor mir liegende Telefon, bis Biene mir ´nen Stapel Klebezettel an den Kopf warf.

„Mensch Paula, bist Du in Trance oder was?!? Nun erzähl schon!"

Ich beschloß, mal wieder zwei Fliegen mit einer Klappe zu schlagen, und rief gleich Siggi an, so daß wir – Siggi auf laut stellend – eine Dreierkonferenz über das Thema „Er liebt mich, er liebt mich nicht" abhielten. Die Mädels waren mir nicht wirklich eine große Hilfe, ich hätte auch gleich eine Wiese Butterblümchen vernichten können. Wir kamen schließlich überein, daß es auf alle Fälle kein schlechtes Zeichen war. Er hätte nicht anrufen müssen. Daß das Fax durchgegangen war, sagte ihm schließlich der Sendebericht, und wenn wir irgendwas nicht hätten lesen können, hätten wir uns sicherlich gemeldet. Und was meinte er nur mit dem „unterhalten"? War das nur eine Floskel? Oder meinte er es so wie er es sagte? Er war immerhin keine Frau. Wenn eine Frau einem Mann sagt, sie könnten sich ja am Samstag weiter unterhalten, könnte das unter Umständen heißen, „wir können uns ja Samstag weiter unterhalten, aber nur, wenn ich es nicht schaffe, mich vor Dir zu verstecken!"

Hm. Nun denn, es nützte alles nichts, wir mußten abwarten. Ich beschloß, nichts dem Zufall zu überlassen und besorgte mir schnell noch einen Friseurtermin, das volle Programm. Strähnchen, Schneiden Kur & Co. Da sowas bei Frauen immer gleich mindestens drei Stunden in Anspruch nimmt, mußte ich auf alle Fälle früher gehen. Mit dieser Hiobsbotschaft bewaffnet ging ich ins Büro meines Chefs.

„Ich muß heute schon um 14.00 Uhr gehen, da ich einen dringenden Termin beim Frauenarzt habe." Habe kurzfristig von „Friseur" auf „Frauenarzt" umdisponiert, immerhin, fängt beides mit F an.

„Äh, ach so" er wurd schon wieder rot.

„Wäre schön, wenn Sie mir Ihre Arzttermine etwas eher mitteilen könnten, Frau Freitag, dann können wir das zeitlich besser einteilen."

„Ja selbstverständlich, Her Stolzer, aber es handelt sich hierbei um einen dringenden Termin, es geht nämlich um die ..."

„Jajajaja, schon gut, schon gut, das kriegen wir schon hin" er wedelte abwehrend mit den Händen vor mir rum und lief leicht lila an.

„Alles klar" und weg war ich, um Biene die gute Nachricht um die Ohren zu hauen.

„Biene, ich gehe heute um 14.00 Uhr."

„Das fass' ich jawohl nicht, wie haste dem Alten denn das verkauft?!"

Respektvoll guckte sie mich an. Ich verzog nur gerissen das Gesicht, so daß keine weiteren Erklärungen mehr nötig waren.

„Alles klar, ich weiß Bescheid!"

Ich erledigte noch fix das Nötigste (wir wollen den Chef ja nicht völlig vergrätzen) und machte mich dann um 14.00 Uhr ab Richtung Friseur und Wochenende. Es war eine richtig rührige Verabschiedung von Biene, so als ob ich für ein Jahr in die Staaten fahre, oder so, fast hätten wir 'ne Packung Kleenex gebraucht.

„Paula, Mensch, Du kriegst das schon hin!" Biene guckte mich ernst an und drückte mir aufmunternd die Hände.

„Jawoll Biene, ich werde am Montag berichten!"

„Komm mir nicht mit schlechten Nachrichten!"

„Auf keinen Fall Biene, ich werd's nicht vermasseln."

Mit diesen Worten machte ich mich auf ins Wochenende. Auf dem Flur stieß ich noch mit Arabella zusammen, die gerade eine Wagenladung Obst und Gemüse ins Büro schleppte....tja ja...

Nach dem Friseur traf ich mich noch mit Siggi in der Stadt, wir besorgten noch letzte Utensilien wie Nagelack etc. und wagten auch tatsächlich noch einen erneuten verzweifelten Versuch, DEN Lippenstift zu finden, natürlich ohne Erfolg. Trotz allem guter Dinge und voller Vorfreude kamen wir abends mit Tüten bepackt bei mir zu Hause an und machten es uns richtig gemütlich. Wir hörten Frank Sinatra, kochten uns eine kalorienarme Reispfanne und tranken kalorienreichen Rotwein bis es pötzlich an der Tür klingelte. Erschrocken guckten wir uns an. Wir waren beide im Jogginganzug, abgeschminkt und nicht wirklich vorzeigbar. Eher abschreckend sozusagen.
„Wer ist das denn??" Siggi glotzte mich entgeistert an.
„Woher soll ich das denn wissen?!"
„Erwartest Du jemanden?"
„Wen soll ich denn erwarten? Du bist schließlich hier."
In dem Moment klingelte es wieder. Siggi und ich blieben immer noch reglos auf unseren Stühlen sitzen, wir konnten eigentlich sowieso nicht aufspringen, da wir zwischen jedem Zeh einen Wattebausch kleben hatten, damit die frisch lackierten Nägel nicht ruiniert werden würden.
„Wir sitzen das einfach aus, wir sind nicht da!" schlug ich kreativ vor.
„Gute Idee."
In dem Moment klingelte mein Handy, Siggi und ich zuckten erschrocken zusammen.
„Mein Gott, ist ja richtig unheimlich. Wer is´n das?"
Ich schielte auf das Display und atmete erleichtert aus.
„Uff, das ist bloß Caro. Hey Caro" ich nahm das Telefonat entgegen. „Wo steckst Du?"
„Wo wohl? Stella und ich stehen bei Dir vor der Tür, aber es macht niemand auf!"

„Ach Ihr seid das! Siggi, das sind Caro und Stella, die da sturmklingeln, mach mal auf!"

Auch Siggi sah erleichtert aus und watschelte mit den wattierten Füßen Richtung Tür. Großes Hallali ertönte, Caro und Stella stürmten die Bude mit Rotweinflaschen, Schokocrossis, Zippen und Chips bewaffnet!!

4 Stunden, etliche Rotweinflaschen und Zigarettenpackungen sowie immensen Kalorienbergen und der Modenschau von Stella und Caro später bestellten wir den Beiden ein Taxi und krochen selber kichernd ins Bett. Es war ein herrlicher Weiberabend gewesen. Zwar wollten Siggi und ich uns eigentlich heute sittsam zurückhalten, aber ach, scheiß doch drauf, es war ein klasse Abend. Caro und Stella hatten sich ebenfalls finanziell erstklassig ruiniert, und das mußte nun wirklich begossen werden. Nachdem die beiden uns ihr morgiges – äh, inzwischen „heutiges" – Outfit vorgeführt hatten, prosteten wir erstmal richtig an. Wir amüsierten uns köstlich, indem wir die Anrufbeantworternachricht von Tom immer und immer wieder anhörten und tanzten nachher ausgelassen zum Soundtrack von „Was Frauen wollen." Als das Taxi dann kam winkten wir den Beiden noch freudig hinterher und krochen dann kichernd aber kaputt ins Bett und waren ziemlich schnell eingeschlafen.

DING DONG. Es klingelte. Um 8.40 Uhr an einem Samstag morgen!!! Ich hoffe nur, es ist Peter mit einem Dutzend roter Rosen, alles andere würde ich weder dulden, noch könnte ich es mir erklären.

Ich schlurfte Barfuß über meinen über und über mit Flecken übersäten aschgrauen Teppich Richtung Tür. Seit Jahren, ach was sage ich, Jahrzehnten hatte ich mir schon vorgenommen, Parkett oder zumindest Laminat zu verlegen, aber die Pläne sind immer aufgrund von enorm wichtigen und unplanmäßigen Ausgaben vereitelt worden, wie z.B. ein neuer Hosenanzug, eine neue Tasche in Verbindung mit dem dazu passenden Portmonai, eine unbedingt notwendige kosmetische Behandlung inklusive Synchron-Ganzkörpermassage und ein dazugehöriges Verwöhnwochenende (Siggi und ich hatte echt Spaß gehabt), ein ... DING DONG DING DONG DING DONG. Herrje, wer in Dreiteufelsnamen konnte denn das sein? Das fragte sich anscheinend auch Siggi, jedenfalls brüllte sie „was für'n Arsch ist denn das?" aus dem Schlafzimmer. Ich linste durch den Türspion und mußte feststellen, daß der Arsch meine Mutter war. Oh mann... widerwillig öffnete ich die Tür.

„Mutt...."

Ich hatte es noch nicht ganz ausgesprochen, da war sie schon an mir vorbeigerauscht, nicht ohne mir 'nen mütterlichen Bussi aufzudrücken, der mich in meinem morgendlichen Tran fast umschmiß.

„Guten morgen, mein Schatz" und schon stratzte sie schnurstracks Richtung Küche.... oh jeh... Orgienbeweise.

„Dein Vaddi hat mich extra heute morgen gleich mit in die Stadt genommen, weil ich Dich doch so lange schon ni ..... ja was ist DAS denn?"

Sie kam abrupt zum Stehen und glotze entgeistert auf den Küchentisch, wo sich ein überquellender Aschenbecher zu leeren Zigarettenpackungen, Weingläsern und leeren Flaschen gesellte. Leere Schokoladenpackungen rundeten das Bild ab. Jap, so lebt Dein Kind!

RRRUMMMSSSS! Aus dem Schlafzimmer ertönte leises Fluchen und ein schmerzhaftes „ahh" und „ohhhh" Siggi mußte beim Versuch, das Bett zu verlassen auf den auf dem Fußboden liegenden Schokokrossisverpackungen ausgerutscht sein (Betthupferl gibt's schließlich auch in 5-Sterne-Hotels, also wird das wohl in Ordnung sein). Mutti fuhr abrupt zusammen und guckte mich eine Schrecksunde mit offenem Mund an. Dann überflog ihre

Lippen ein – ja ist es das wirklich? – ein verschmitztes Lächeln.

„Hast Du etwa Herrenbesuch?" verschwörerisch knuffte sie mir ihren Ellenbogen in die Seite und linste neugierig aus der Küchentür Richtung Schlafzimmer, mit erwartungsfrohem Blick, der sogleich enttäuscht wurde als Siggi – in meinem Tweedy Schlafshirt – um die Ecke geschlurft kam, sich mit der Hand schmerzend den Rücken reibend.

„Ach Sigried, Du bist´s!" Mutti schnaufte und drehte entnervt die Augen. Das beherrschte sie perfekt. Ich fragte mich immer, ob sie das eigentlich zu Hause übte; ich kannte niemandem, bei dem das auch nur annähernd so gut und gekonnt aussah. Wenn ich mich in dieser Technik versuchte, sah ich dabei aus wie eine Kuh auf Drogen. Würde mich nicht wundern, wenn ich sogar vor Anstrengung und Konzentration die Zunge aus dem Mund hängen lasse (ich sag' ja: Kuh auf Drogen).

Mutti ging auf Sigried zu und drückte auch ihr einen mütterlichen Kuß auf die Wange.

„Kinder, manchmal hab ich das Gefühl, ihr werdet gar nicht erwachsen. Sigried, hast Du etwa auch noch keinen Mann abbekommen? Ihr solltet Euch mal ein Beispiel an Paulas Schwester nehmen. Der Philip ist sooo ein netter Kerl."

Während sie sprach hatte sie sich ihre leichte Sommerjacke („Kind, du brauchst mal eine „leichte Sommerjacke, morgens und abends kann das manchmal ganz schön frisch werden, auch im Sommer!") ausgezogen, das Handtäschchen in die Ecke gestellt und fing an, mit spitzen Fingern das Chaos auf dem Küchentisch zu beseitigen. Siggi und ich übten uns derweil angesichts des Lobgesangs über Veronica und den golfspielenden Philip im „Augenverdrehen." Auch Siggi konnte es nicht. Hoffentlich bleibt nirgendwo eine Uhr stehen. In der Grundschule haben die Jungs früher immer erzählt, wenn man schielt und eine Uhr bleibt in dem Moment stehen, dann bleiben die Augen auch in dem Moment stehen, genauso, wie man sie gerade verdreht hat.

„Wenn ich bloß so´n Jungchen wie Veronicas Philip abbekommen, dann verzichte ich lieber gleich, Beate." Siggi konnte als einzige so mit meiner Mutter sprechen. Sie gehörte quasi zur Familie, aber halt doch nicht ganz, so daß sie zwar alles sagen konnte, aber nicht dementsprechend die Ohren langgezogen bekam wie ich, als waschechte Tochter. Ich stellte mich also mit einem imaginären „Siggi hat Recht" Protestschild dazu und pflichtete ihr voll und ganz bei. Mutti guckte schon ganz geknickt, über diese ganz offensichtlich beabsichtigte Heile-Welt-Zerstörung der Beziehung ihrer Jüngsten, aber – hey Honey, das Leben ist hart. Weiter so Siggi!

„Mal ehrlich Beate, hat Dein Friedel jemals ´ne Haartönung gehabt? Der Philip braucht doch mehr Rundbürsten als wir, um die Haare in Form zu bringen. Würd mich nicht wundern, wenn er sich mit Veronica das Gesichtspuder teilt." Jaaa... hurrahhh... das gefällt mir! Ich schlurfte begeistert mit meinen Kuschelpuschen mit Beagle-Gesicht und passenden Ohren auf den Küchenfliesen rum.

„Hör auf hier rumzurutschen, Paula, Du verrenkst Dir noch was. Siggi, also nein, also Friedel, also nein, der war da immer ganz naturbelassen, aber das sind doch auch ganz andere Zeiten, das ist jetzt nun mal modern und der Friedel, nun ja, der ist nunmal, nunja...."

„.. ein echter Kerl" ergänzte ich. Mußte mich arg zurückhalten um nicht laut loszuprusten bei dem Gedanken an Vaddi mit ´ner Haartönung oder Strähnchen und akkuratem Scheitel.

„Und modern ist das auch nicht, Beate, das ist einfach bloß spießig. Wenn der Philip in ´nen Sturm geraten würde,

würde er eher Veronica als Schutzschild nehmen, anstatt seine Frisur zu gefährden. Also wenn ich Veronica wär, dann würde ich mir den Philip aber mal GAAANZ genau angucken." Zur Untermauerung der Aussage hatte Siggi ihre Augen ganz weit aufgerissen und nickte zustimmungsheißend.

„Jaaaa... wenn ich Veronica wär, würd' ich mir den Philip auch mal ganz genau angucken" wiederholte ich mit ebensolcher Inbrunst wie Siggi. Herrlich.

„Ach Kinder, naja, der Philip ist schon ganz o.k., nun macht das mal nicht ganz so schlecht, ich mein' ja auch man bloß." Haha... Mutti hatte keine Lust mehr auf das Thema, sie lenkt schon ein. Wahrscheinlich sah sie ihre Felle gegen Siggi und mich davonschwimmen. Wenigstens schwang Mutti nicht bloß olle Reden über nicht vorhandene Männer sondern auch die Abwaschbürste (Kind, solche Töpfe/Gläser/Teller/Löffel kann man doch nicht in die Spülmaschine stellen. Ich fragte mich manchmal, was Mutti eigentlich überhaupt in die Spülmaschine stellte, da blieb doch eigentlich nichts über: Die guten Töpfe nicht wegen der Griffe: „man weiß ja schließlich nie, ob die das vertragen", die guten Teller nicht wegen dem Dekor. „Jaaa... Kind. Da steht zwar „spülmaschinenfest" drunter aber hinterher ersetzt es Dir keiner", die guten Gläser erst recht nicht: „ach Kind, die sind doch schwupsdiwups mit der Hand abgespült" und ach, wenn man schonmal dabei ist, kann man die drei Löffel doch auch gleich mit abwaschen).

Ganz Mutti-like hatte sie an alles gedacht und auch ordentlich Brötchen mitgebracht. Wir saßen also gegen 10.00 Uhr gemütlich quatschend am Frühstückstisch und futterten Nutellabrötchen, während der erste Bauch-Beine-Po-Kurs begann.

Ich tunkte gerade genüßlich mein Messer erneut in das Nutellaglas (da guckte schließlich noch ein heller Fleck Teig durch die ansonsten dunkle Masse auf meinem Brötchen) als Mutti mir den typischen „Kindißnichtsoviel-Blick" zuwarf.

„Die Hälfte tuts auch Paula, denk an Deine Figur, weniger ist mehr."

Grrrrrrr. Siggi kicherte lautlos in ihr Nutellagebilde mit wenig Brötchen.

„Sigried für Dich gilt das auch." Siggi verschluckte sich beinahe, nun war ich bemüht, ein Kichern zu unterdrücken. „Als ich in Eurem Alter war, hab ich immer soooooo auf meine Linie geachtet. Und auch das Gläschen Wein am Abend, ALLES Kalorien, und wenn ich EIN Stück Schokolade esse, dann hab ich auch erstmal genug, das muß man genieesssen, das lutsch ich dann ganz genüsslich und dann pack ich den Rest der Tafel wieder in den Schrank und hab genug für den Tag. Und wenn ich mal 'nen Janker auf was Süßes hab, dann koch ich mir einfach 'nen schönen heißen Tee....."

OAAAHHHHHH..... ich konnte es auswendig. Siggi anscheinend auch, ihrem Gesichtsausdruck nach zu urteilen. Mutti hat unsere gestrige Schoko- und Alkoholration sicherlich in ihrem ganzen Leben noch nicht zu sich genommen. Tja.... was soll ich sagen…

Als Mutti gegen 11.30 Uhr die Biege machte waren Siggi und ich völlig erschöpft von soviel mütterlichen Ratschlägen. Wir guckten uns kurz an und schlappten dann einvernehmlich genüßlich schnaufend wieder ins Schlafzimmer und knallten uns aufs Bett. Es gibt doch nichts herrlicheres, als wenn man sich am Wochenende nach einem reichhaltigen Frühstück noch mal wieder in die Kissen kuscheln kann.

Gegen 12.00 Uhr wurden unsere müden Geister dann aber doch hellwach, als wir das hektische Partyvorbereitungstreiben ein Stockwerk unter uns wahrnahmen. Die Party fand zwar im Haus – oder besser: in der Villa – von Sophias Eltern statt, aber dennoch gab es wohl so einiges hin- und herzuräumen, zu transportieren und zu organisieren.

„Wollen wir uns wegen des Lärms beschweren?"
„Weiß nicht Siggi, ich glaub die Rechtslage ist da wohl nicht ganz auf unsere Seite. Samstags Mittags um 12.00 Uhr, aber eigentlich hast Du Recht. Ist ja echt ‚ne Frechheit!"
„Wahrscheinlich ist sie schon mit den Altbausanierungen beschäftigt und braucht dafür so schwere Gerätschaft."
„Genau, wahrscheinlich hat sie sich so ′ne morastige Badewanne aus ′nem Kurzentrum liefern lassen, mit Betreuung natürlich, und läßt sich gerade eine Ganzkörper-Moorpackung legen um noch auf die schnelle 2 mm Umfang zu verlieren."
Wir glucksten hämisch unter unseren Bettdecken. Ich wollte gerade freudig weiterlästern als mir schlagartig die Schwere der Lage bewußt wurde. Siggi schien es ähnlich zu gehen. Wir guckten uns ernst an und schwangen dann synchron energisch die Beine aus dem Bett und stiefelten hektisch und planlos wie geköpfte Hühner in unseren Sleepshirts durchs Schlafzimmer.
„Halt halt Siggi, wir brauchen einen genauen Zeitplan, so wird das nix."
„Genau, Recht hast Du, wir müssen jetzt praktisch vorgehen."
Nachdem wir uns einen „praktischen" Zeitplan zugelegt hatten, starteten wir voller Tatendrang mit dem „viel ist zu tun – packen wir′s an"-Blick unser Vorhaben.

Diverse Gesichtsmasken, Haarkuren und Situps später nahm ich meinen sämtlichen Klamdusenkram und wir düsten zu Siggi, um uns für das grosse Event fertig zu machen. Bei Siggi im Hausflur trafen wir natürlich prompt auf Tom, der uns galant die Tür aufhielt als wir zu zweit meine diversen Tüten, Schmink- und Frisierutensilien ins Haus schleppten.

„Hey Ihr beiden Schönen, hallo Paula."
Äh.... schön?... der Kerl macht Witze. Also ich für meinen Teil hatte noch einen Rest der Moormaske im Gesicht, außerdem hatte ich ein Handtuch auf dem Kopf, das selbigen mitsamt den Lockenwicklern vor neugierigen Blicken schützen sollte. Aber der ausgelabberte Jogginganzug stand mir extrem gut, fand ich auch.
„Hey Tom." Haus
Peinlich war es mir aber komischerweise nicht, scheißegal triffts eher, vielleicht würde ihn das eines Besseren belehren und seine Meinung mich betreffend noch einmal überdenken.
Anscheinend hatte Tom inzwischen auch die Reste der moorigen Masse in meinem Gesicht entdeckt. Zumindest guckte er kurzfristig eher in Richtung Haaransatz (oder besser: Handtuchansatz) als in meine Augen. Apropo Augen: Siggi übte sich gerade mal wieder im selbigen verdrehen. Wenn das heute so weiterging, würde Siggi noch besser werden als Mutti.
„Tom, wir müssen jetzt hoch, man sieht sich ja heut' abend." Zack – klasse hatte ich das gemacht. Knallharte Paula wird man mich bald nennen.
„Und ob man sich sieht!" Er zwinkerte mir zu und strich mir – während ich mich an ihm vorbeischlängelte - mit dem Zeigefinger über die Wange. Mir war kurzfristig so, als ob er noch was sagen wollte, wahrscheinlich wegen seines

Anrufs oder so, aber wir waren schon die Treppen hoch und knallten die Tür hinter uns zu.

Nach Stunden von hektischem Treiben („wo ist der Lockenstab", „hast Du die Cellulitis-Creme", „das ist mein Nagellack", „aaaah.... ich krieg einen Pickel") waren wir irgendwann fertig und standen uns ehrfürchtig einander anblickend, jede mit einem Sektglas in der Hand gegenüber.

Ich erkannte mich selbst kaum wieder. Trotzdem sämtliche Diätversuche fehlgeschlagen waren mußte ich schon zugeben, daß ich toll aussah. Das fand ich wahrscheinlich aber nur solange, bis Sophia mir über den Weg lief, na, egal.

Ich trug einen schwarzen Zweiteiler. Der Rock war von vorne gerade geschnitten, so lang, daß man noch gut die Spitzen meiner Schuhe sehen konnte (herrliche schwarze Pumps mit einer Spitze, die ich Sophia im Notfall in ihren dellenfreien Hinter rammen konnte; der Hacken hinten frei, nur mit einem Riemen über die Fessel gehalten). Das Oberteil war eine Corsage, schulterfrei. Ich hatte noch ein wenig Angst, daß sie mir bei der kleinsten Bewegung (etwa, wenn ich hektisch hinter dem Kellner mit den Cocktails herschnipse) über den Busen rutschen könnte, aber die Verkäuferin hatte mir versichert, das könnte nicht passieren. Ihr Wort in Gottes Ohr. Elegant und fraulich – ganz „Audrey Hepburn-like" – hatte ich einen passenden breiten Seidenschal um die Schultern gelegt, der locker um meine Arme geschwungen war. Meine Haare hatte Siggi mir elegant hochgesteckt. Nach Stunden über Wicklern gespannt und mit den neuen Strähnchen sahen sie fast nach doppelt so viel aus. die Notfall-Schminkutensilien trug ich in einer kleinen schwarzen Tasche, die über und über mit Paillietten bestickt war (ca. 20 Stück lagen schon auf Siggis Fußboden verteilt, hm.... wenn das so weiterging, würde an meiner Tasche zum Ende der Party wohl nicht mehr eine einzige Pailliette haften!).

Siggis Outfit war auch echt der Hammer. Ebenfalls von Kopf bis Fuß in schwarz (meine Mutter hätte vor Verzweiflung die Hände über dem Kopf zusammengeschlagen: Kinder, wieso müßt ihr denn immer in schwarz gekleidet sein. Ein hübsches grün oder rosé wär doch auch mal toll!") war ihr Kleid vorne hochgeschlossen, dafür hatte sie einen Rückenausschnitt, bei dem man keine Strumpfhose hätte trage können. War ja eh Sommer, so ein Glück. Aber mal ehrlich, Strumpfhosen sind doch wirklich absolut unerotisch Dinger. Mal ganz davon abgesehen, daß bei so einem Rückenausschnitt wie Siggi´s wahrscheinlich das Bündchen mitsamt Marken- und Größenschild rausgeguckt hätte, sind die Nylonteile doch meistens schon kaputt, bevor man sie überhaupt ein einziges mal hochgezogen hat. Sollte man diese schwierige erste Zusammenkunft mit der für lächerlich günstige EUR 15,00 (Sonderangebot) erstandenen Strumpfhose heil (vor allen Dingen die Strumpfhose) überstanden haben, hat man zumindest irgendwo einen ollen Ziehfaden hinterlassen. Meistens stellt man auch - nachdem man das Ding glücklich ohne größere Schäden oben hat - fest, daß man irgendwie und vor allem irgendwo zwischen Fuß und Hüfte die Richtung gewechselt hat, so daß man auf Höhe Oberschenkel eine strudelartige Verengung spürt, wo sich die Strumpfhose praktisch einmal um ihre eigene Achse, oder besser, den Oberschenkel, gedreht hat. Sollte man dann tatsächlich den zweiten Versuch und die ersten 30 Toilettenbesuche auf der Party heil überstanden haben, hat man immer noch diverse Gefahren zu überstehen, die da wären:

Der Hund des Gastgebers kommt freudig auf Dich zu und springt an Dir hoch – ratsch!;

Nachdem man leicht beduselt eiligst den gerade freigewordenen Platz am DJ-Pult ansteuert, um endlich auch mal zum Zug bei der Musikauswahl zu kommen, schippert man leicht schwankenderweise an sämtlichen Beistelltischchen (gefährlich: Wadenhöhe) vorbei – ratsch!, In dem beglückenden Moment, wo Independent Women, It´s raining Men o.ä. aus den Boxen dröhnt und alle Mädels euphorisch im Wohnzimmer, auf der Tanzfläche oder sonstwo hin- und herhopsen und dabei mit den Pumps das frisch verlegte Parkett ruinieren sind auch die Strümpfe gefährdet bzw. überfällig.

Und sollte man all diese Gefahren mit Bravour gemeistert haben (schließlich hat kluge Frau in ihrem Notfalltäschchen ja auch ein weiteres Exemplar dieses Liebestöters dabei) kommt am Ende des Abends – oder besser: frühen morgens – sollte Mr .Right anwesend gewesen sein und einem das Glück hold sein (oh, wie poetisch) – der schreckliche Moment, wo man sich schnell und unauffällig des Dings auf der Toilette entledigen will, und dann feststellen muß, daß man ungefähr auf Taillenhöhe aussieht, als ob man eine Gürtelrose hat. Auch hektisches Massieren und Reiben der leider sonst so biegsamen Masse in Taillenhöhe hilft nicht. Der beweisende Abdruck der Strumpfhose hält noch mindestens zwei Stunde und zeichnet einen als einen Träger einer solchen wie mit einem Brandmal.

Oh, aber ich bin abgeschweift. Müßiges Thema. Zurück also zu Siggi: Der Rock des Kleides war gerade geschnitten und ging ihr auch bis auf die Füße. Dazu trug Siggi den Hauch einer Sandalette - sozusagen. Eigentlich nur eine Sohle mit einigen eleganten Schnüren, die den

Fuß irgendwie auf der Sohle zu halten versuchten. Mein Dad hätte uns bei dem Preis für die Schuhe verständnislos angeglotzt und sich und uns gefragt, was bei so wenig Leder so viel Geld kosten soll. Besser er erfährt es nie, es würde sein Verständnis in die Menschheit und in uns erschüttern.

Nachdem wir auch Siggis dunklen Locken kunstvoll hochdrapiert, ca. 350 Fotos von uns geschossen und ordentlich mit Prosecco angestoßen hatten, bestellten wir uns ein Taxi (vornehm geht die Welt zugrunde) und ließen uns zu dem Haus von Sophias Eltern (welche gerade im „kleinen" privaten Ferienhaus in Südspanien residierten) in einen der vornehmsten Stadtteile Hamburgs kutschieren. Im Taxi atmeten wir noch einmal tief durch, lächelten uns aufmunternd zu – und stiegen dann selbstbewußt und elegant aus dem Wagen. Die Spiele konnten beginnen.

Der anerkennende Blick des Taxifahrers, das Rascheln der teuren Röcke, das Gefühl der nackten Schultern auf die die laue Abendsonne schien, das Klackern der Absätze auf dem Boden, begleitet von dem noch nicht ganz vergangenen Prickeln des letzten Proseccos bei Siggi versetzte mich geradezu in Hochstimmung. Während wir wie Prinzessinnen die buchsbaumgesäumte Einfahrt zum Grundstück hinaufschritten – ich sah Peter schon auf einem Schimmel herbeireiten um mich holde Maid zu entführen - hörten wir schon leise Musik, das Gemurmel sich unterhaltender Leute und Gläserklirren. Ach ist das herrlich. Siggi und ich wechselten gutgelaunte und erwartungsfrohe Blicke während wir an der Haustür vorbei dem kleinen Pfad durch einen efeuumrankten Rundbogendurchgang (mann... wo gibt's denn sowas?) folgten. Der Efeubogengang ging nahtlos in einen Traum von Rosen über – dumm nur, daß sich dort auch ein

Haufen Wespen tummelten. Und ich HASSE Wespen. Das beruht allerdings leider nicht auf Gegenseitigkeit, denn die schrecklichen Viecher scheinen mich abgöttisch zu lieben. Zu meinem Leidwesen heute ganz besonders, es könnte was mit der 100 ml Flasche Channel No. 5 zu tun haben, die ich als krönenden Abschluß über mich und mein Outfit geschüttet haben, hm.... Mein „ganz-Dame-Gesichtsausdruck" wechselte in eine unentspannte Grimasse, mein eleganter, aufrechter Gang mit dem – nicht zuviel, aber auch nicht zu wenig – erotischem Hüftschwung wurde durch epileptischartige Zuckungen ersetzt und mein über und über mit Paillietten besetztes kleines feines Täschchen donnerte ganz unpassend 5 Meter weiter am Ende des Rosenmeeres auf den Boden, im verzweifeltem Versuch, das hartnäckigste der kleinen Biester, die mich malträtierten, plattzumachen. Natürlich daneben. Hektisch schlidderte ich meinem Täschchen hinterher um zu verhindern, daß diesen Ausrutscher womöglich noch jemand mitbekommt, Siggis „Paulawasmachstdudennda" Genuschel wohlweislich überhörend. Ich weiß, ich war dabei, unseren Auftritt zu vermasseln. Dummerweise hatte ich die Tasche zu allem Überfluß auch nicht richtig geschlossen, so daß Lippenstift, Tampons und andere Peinlichkeiten lustig auf dem Fußboden rumrollten. Die tanzenden Tampons mit der einen Hand greifend, die lästige Wespe mit der anderen Hand wegwedelnd auf dem Fußboden hockenderweise standen plötzlich neben meinem neuen Lippenstift (wirklich, diesmal hatte ich doch noch den richtigen gefunden!) zwei zarte Füße, in goldenen Sandalen. Ich folgte den Füßen entlang an perfekten braungebrannten Beinen bis hin zu zwei mich nett anlächelnden braunen Augen. Die Göttin (jaaa... nennen wir sie ruhig mal so) hockte sich neben mich, griff zielsicher meinen Lippenstift und reichte ihn mir lächelnd. Siggi war inzwischen auch wieder bei mir angelangt (ganze

Leistung; bei den Sandaletten hätte ich sie eher noch im Eingangsbereich vermutet) und fegte mit ihrem Täschchen endlich treffsicher das blöde Wespenvieh weg, welches mit einem Peng an der gegenüberliegenden Wand landete. Wahnsinn, wären wir jetzt bei „Annie und ihre Männer" hätte Kevin Costner damit 'nen Homerun landen können.

Die Göttin und ich waren gerade wieder auf den Beinen, als Peter um die Ecke kam.
„Inga, da bist Du ja, ich hab hier Deinen.... oh.... hallo Paula, hallo Siggi." Peter reichte der Göttin einen Champus (ich WETTE es ist Champus). Ich hatte sie natürlich gleich wiedererkannt. Die Traumfrau mit der er im Ramazotti war und die ich bei Don Giovanni mit Biene gesehen hatte.
„Danke Schatz, lieb von Dir."
Oooaaahh... ich kotz gleich. Nicht genug, daß Sophia mir diesen Mann wegschnappen wollte, nun war auch noch die Göttin anwesend und nannte ihn „Schatz." Und scheißdrecksfreundlich war sie auch noch! Wie furchtbar. Ich hatte irgendwie gehofft, sie hätte sich in der Zwischenzeit in Luft aufgelöst, Hm.... Siggi knuffte mir leicht in die Seite und ich erinnerte mich daran, mein gewinnendes Lächeln wieder aufzusetzen. Hach.. .ich könnte dahinschmelzen beim Blick in diese Augen!
„Darf ich Euch auch einen Champagner holen?"
Ich wollte das Angebote gerade dankend annehmen, als Sophia wie auf's Stichwort gerufen um die Ecke schwebte.
„Ja Liebling, das wäre ganz reizend, mein Glas scheint einen Riß zu haben!" Hahahahaha.
Ich konnte den prickelnden Esprit und Witz dieser Aussage nicht ganz nachempfinden, aber Sophia selbst schmiß höchst amüsiert ihre Kopf nach hinten und lachte kokett, daß ihre Wahnsinnslockenmähne nur so hüpfte. Grrrrruummmmpppfff, wie lange sie dafür wohl geübt hatte. Wenn ich das versuchen würde, würde mir wahrscheinlich

gleich ein Halswirbel rausspringen, zumindest aber würde sich meine Frisur in Nichtwohlgefallen auflösen. Ich achtete streng darauf, meinen Kopf möglichst gerade zu halten und größere Stöße zu vermeiden, damit sich ja keine der ca. 250 sorgsam eingepflanzten Haarnadeln löste.

„Aber sehr gerne."

Während Sophia papagaienartig auf uns einredete hörte ich nur mit halbem Ohr zu und glotze entgeistert Peter hinterher wie er salopp, im weißen Dinner-Jacket wie die meisten Männer hier, über den hinter dem Haus liegenden Rasen ging. Der erste Blick auf das „Partygetümmel" ließ mich schier ehrfürchtig erstarren. Die Dinnerpartys im Film „Sabrina" waren nichts dagegen. Die hinter dem Haus liegende Grünfläche konnte ich mit bloßem Auge kaum überblicken, dazu hätte man gut einen Feldstecher gebrauchen können, so riesig schien das Arreal zu sein. Eine Band spielte gerade „Girl from Ipanema", überall gingen Bedienstete mit Tabletts mit herrlichen Häppchen (ach scheisse, das heißt hier jawohl Odeuvres, oder so ähnlich) oder Champagner lang und riesige Fackeln steckten im herrlich gepflegten Rasen – nach dieser Party konnte man hier sicher optimal einen Golfplatz draus machen. Ab und an sah man einige Stehtische in VIP-Zelten ähnlichen Gebilden in strahlendweiß, unter denen man vor der Abendsonne bei Bedarf noch Schutz suchen konnte. Ich hatte selten so viele schöne Menschen auf einem Platz gesehen. Alle im edelsten Zwirn, die Damen in fließenden Gewändern und die Herren größtenteils in weißen Dinner-Jackets. Aber keinem stand es so ausgezeichnet wie Peter. Nachdem ich ihn als Shooters-Bedienung in ausgewaschenen Jeans kennengelernt hatte, war ich schon baff erstaunt ihm als Junganwalt im Designeranzug wiederzubegegnen. Als ich ihn nun im Dinnerjacket mit Champagnergläsern auf mich zukommen sah schien ich schier in seinen braungrünen Augen zu versinken. Achherrje, Paula, wasglotzedennso... schnell riß ich meinen Blick von ihm weg und drehte mich in Richtung der immer noch die arme Siggi vollquäkenden Sophia. Dabei streifte mein Blick die Göttin.. .ach ja... heißt ja Inga... und blieb da kurz haften. Ihre Mundwinkel umspielte ein wissendes Lächeln (ja... aber WAS weiß sie denn?) und ihre Augen fixierten mich. Herrje, ist ja schrecklich, noch keine 10 Minuten hier und schon transpiriere ich wie ein Bauarbeiter, der in der glühenden Mittagshitze bei 40 Grad im Schatten ´ne Straße aufreißen muß. Ich riß meinen Blick los und war mit meinen Augen endlich bei Siggi, und damit auch Sophia, angelangt.

„... und da hab ich zu Pedro gesagt, wenn er mir nicht irgendwie den Swimmingpool beleuchtet, sorge ich dafür, daß er fliegt und ..... ach Liebling, da bist Du ja wieder!" Peter war wieder da und reichte uns die Gläser und als sich dabei kurzfristig unsere Finger berührten wäre mir mein Glas fast aus der Hand gerutscht. Sophia Aufmerksamkeit wurde – gottseidank – aufgrund von weiteren herannahenden Gästen in Anspruch genommen, so daß Inga, Peter, Siggi und ich schleunigst das Rosenmeer vierließen und uns „ins Getümmel" stürzten.

„Und, hast Du Deinen Sturz gut überstanden? Wie ich sehe, ist alles noch dran." Ohjee..... irgendwie hatte ich gehofft, er hätte das vergessen! Wieso habe ich eigentlich nicht so ein „Blitzdings" wie die ‚Man in Black' es haben. Ich könnte das wirklich gut – und leider auch oft – gebrauchen.
„Ähm... nun ja... also.... abgesehen von dem tiefsitzenden psychischen Schaden ist nichts passiert. Aber mach Dir keine Gedanken. Ich kenne gute Ärzte mit Couch für dieses Problem."

Er lachte schallend und berührte mich leicht an der Schulter, was mir wohlige Schauer über den Rücken jagte.

„Sah aber auch echt klasse aus! Hättest Du mir nicht so furchtbar leid getan, hätte ich mich vor Lachen nicht mehr halten können. Ich dachte der Stolzer kriegt jeden Moment ´nen Herzschlag vor Aufregung."

„Geht nicht, der ist nämlich gar kein Mensch, sondern ein Android von einem anderen Stern, und die kriegen keine Herzschläge weil sie gar kein Herz haben. Ich frag mich bloß, wieso er sich so eine schrecklich hässliche Verkleidung ausgesucht hat. Wenn ich als Android auf die Erde geschickt werden würde, würd´ ich mir weißgott was ganz tolles aussuchen, etwa so´ne Hülle wie Jennifer Lopez oder .... wo ist eigentlich Siggi?" Ich hatte gar nicht bemerkt, daß sie nicht mehr hinter mir ging, auch Inga war weg – nur Peter war noch da. Guckte mir sogar gerade sehr tief in die Augen und berührte mich leicht am Arm.

„Laß doch Siggi mal, die plaudert bestimmt gerade mit meiner Schwester."

„Deiner Schwester???"

„Ja, Inga, meine Schwester. Wußtest Du das nicht?"

„Ähm..... nein..... ich dachte, sie wäre...... also....... ähm........."

„Was dachtest Du?" half Peter mir freundlich auf die Sprünge und sein Gesicht kam irgendwie immer näher, mir wurd´ schon wieder ganz anders zumute.

„Hey Peter, entschuldige bitte, aber diese Schönheit muß ich Dir mal entführen."

Eh ich mich versah, hatte Tom mich am Arm genommen und führte mich sanft aber bestimmt Richtung Tanzfläche. Tom sah im Dinnerjacket nicht halb so gut aus wie Peter, sicher, er war immer noch der gutaussehende Typ, der er schon immer gewesen ist, aber ich könnte ihm meine Paillettentasche auf den Schädel donnern, daß er mir die Situation mit Peter vermasselt hatte, obwohl ich –

zugegebenermaßen – gerade ganz schön ins Schwimmen geraten war. Seine Schwester!!! Inga ist SEINE SCHWESTER!!! Ein dämliches Grinsen machte sich auf meinem Gesicht breit, während Tom mich auf dem Weg zur Tanzfläche vollsülzte, wovon auch immer, keine Ahnung, ist auch völlig wurscht. Ich war auf alle Fälle ziemlich überrascht, daß er tatsächlich auch richtig tanzen konnte, als er mich zu „I did it my way" über die künstlich angelegte Tanzfläche schob und mir bedenklich auf die Pelle rückte.

„Paula, hab ich Dir eigentlich schon gesagt, daß Du der absolute Wahnsinn bist?! Du bist mit Abstand die schärfste Braut hier! Wie konnte ich Dich nur die ganze Zeit übersehen?!" Ich kam mir vor wie in der Clearasil-Werbung. Das Mädchen mit der schlimmen Akne himmelt den Schönling an, der jede Frau haben kann nur unsere aknekranke Heldin überhaupt nicht wahrnimmt, dann kriegt sie von ´ner guten Fee oder bloß simpel aus dem Supermarkt ´ne Flasche Clearasil, und plötzlich sieht sie aus wie ´ne Titelschönheit und der glatthäutige Schönling bleibt wie vom Donner gerührt bei ihrem Anblick stehen und spricht jene mir von Tom ins Ohr geflüsterten Worte.

Der Kerl kam mir so langsam aber echt bedenklich nahe, außerdem strich er mir immer über den Rücken als ob ich eine kalbende Stute wäre. Was hab ich bloß mal an dem Ochsen gefunden?

„Du Tom, entschuldige bitte, aber ich muß mir mal ganz dringend die Nase pudern" sprachs, und schälte mich auch sogleich aus seinem klammeraffenartigen Griff und eilte schleunigst wieder den Weg durch die Menge zurück, aber Peter war nicht mehr aufzufinden, auch Siggi oder Inga sah ich nirgends. Nichtmal Sophias verrucht-rotes Kleid war in der Menge auszumachen. Bevor Tatsch-Tom mich unschlüssig rumstehen sah, machte ich mich also schleunigst auf Richtung Damentoilette. Mußte ja irgendwo in den prunkvollen Gemäuern zu finden sein. Konnte mir nicht vorstellen, daß Sophia irgendwo Dixies aufgestellt hatte.

Ich klapperte also mit meinen Absätzen über die Terrasse und schob die Tür zum Wintergarten auf. Herrlich angenehme Kühle umfing mich. Die Pracht der herrlichsten Pflanzen im warmen Licht der langsam untergehenden Sonne, die Musik und das Gemurmel der Leute nur noch gedämpft. Tja und nun? Wo lang Richtung Örtchen? Ich hatte mich gerade für eine Richtung entschieden, als ich irgendwie das Gefühl hatte, beobachtet zu werden. Ich drehte mich abrupt um.... und da saß er. In einem der vielen Korbsessel, die Beine locker übereinandergeschlagen, neben sich auf einem Mauervorsprung unsere Champagnergläser (ich erkannte meins sofort, es gibt niemanden sonst (auch keine andere Frau!) die es schafft, ein Glas innerhalb kürzester Zeit dermaßen mit Fettfingerabdrücken und Lippenstift einzuschmieren. Wahrscheinlich ist mein Glas mit Indizien immer schon so überlaufen, daß die Polizei trotzdem Schwierigkeiten hätte, weil meine Fingerabdrücke sich alle gegenseitig überlappen und verwischen! Da könnte man eine extra CSI-Folge draus machen. Die Forensik wäre überfordert.

Er saß einfach nur da und guckte mich an, von oben bis unten und wieder zurück und blieb schließlich an meinen Augen hängen .
„Du siehst wunderschön aus."
„Vielen Dank." Das war der Moment, wo man mein Gesicht mit einer Pizzatomate hätte verwechseln können, zum Glück wurde es so langsam schummrig und der Wintergarten war nur spärlich beleuchtet.

Ein leises Zischen drang zu uns herein und kündete das Anzünden der Fackeln an. Sogleich wurde es noch anheimelnder und große zuckende Schatten tanzten über die Fliesen.

„Champagner?" Peter zauberte eine Flasche vom Boden und schenkte unsere Gläser voll.

„Gerne." Ich ging auf ihn zu und setze mich in einen der Sessel. Er reichte mir das Glas, wir prosteten uns zu und saßen uns schweigend und gegenseitig fixierend gegenüber. Unsere Füße berührten sich gegenseitig und ich hätte alles gegeben, daß dieser Moment niemals aufhört, aber Murphys Law ist überall und so war es nicht verwunderlich, als die Tür neben uns aufgeschoben wurde und Sophia angerauscht kam.

„Hach, Kinder, was macht ihr denn hier? Wahrscheinlich das gleiche wie ich, hahahahaha, einmal kurz durchatmen, bevor es wieder hinein ins Getümmel geht, hahaha." Sie ließ sich lasziv in den neben Peter stehenden Sessel sinken und ihr Blick blieb kurzfristig an unseren sich leicht berührenden Füßen hängen. Schien ihr nicht sonderlich zu gefallen, anders konnte ich den darauffolgenden, mir geltenden Blick nicht deuten. Eine Zehntelsekunde später hatte sie allerdings schon wieder ihr weltgewinnendes Lächeln aufgesetzt und ich war mir nicht mehr sicher, ob ich diesen Blick wirklich gesehen hatte, bis sie sich plötzlich in dermaßen anbaggernder Weise über Peter zur Champagnerflasche beugte, daß ich keinen Zweifel mehr hatte: Weibercatchen.

„Liebling, willst Du mir denn nicht auch ein Gläschen anbieten?" Sie hielt Peter die Flasche vor die Nase und guckte ihn herausfordernd aus halbgeschlossenen Lidern an. Ich hatte diesen Blick auch immer geübt, nur irgendwie konnte ich durch diesen eingeschränkten Blickwinkel nicht wirklich mehr was erkennen, was dazu führte, daß ich angestrengt meine Stirn in Falten legte und im schlimmsten Fall sogar vor lauter Konzentration – wie so oft – die Zunge raushängen ließ, was wiederum dazu führte, daß ich aussah wie ein chinesischer Faltenhund, von überlegener weiblicher Erotik keine Spur, ganz anders natürlich als bei Sophia. Und als ob sie ihr Leben lang auf diesen Augeblick gewartet hatte, holte sie locker, ohne den Blick von Peter zu lassen, ein Champagnerglas hinter der neben ihrem Sessel stehenden Palme hervor. Ich nahm mir vor, bei passender Gelegenheit mal zu gucken, was sich hier sonst noch so hinter den Pflanzen finden ließ. Peter goß Sophia – zu meiner Begeisterung – eher widerwillig das Glas voll und ignorierte voll umfänglich den ihm dargeboten Blick in Sophias Ausschnitt, was wiederum bei Sophia nicht gerade Begeisterung hervorrief. Sie setzte sich – nunmehr wieder mit normal geöffneten Augen – zurück in den Sessel und wippte mit ihren Beinen.

„Sophia, vielen Dank nochmal für die Einladung. Da ist Dir ein ganz großartiges Fest gelungen." Was kam denn jetzt? Wollte Peter ihr etwa schmeicheln?

„Ja? Gefällt es Dir?" Ihre Laune besserte sich. „Kleine Gartenparty halt." Olle Protzerin, wurde mir immer unsympathischer. Und sowas wohnt unter mir!

„Ja, gefällt mir sehr gut. Vor allem die netten Leute ,die man hier trifft." Dabei drehte er seinen Kopf und sah mich an. Vor lauter Schreck verschluckte ich mich peinlicherweise an dem guten Champus und auch die Schamesröte schoß mir mal wieder ins Gesicht. Oh, wie ich das hasse, als ob ich 15 wär'.

„Findest Du nicht auch, Paula?" Erwartungsvoll sah er mich nach Abklingen meines Hustenanfalls an.

„Äh... oh ... ja." Wie immer in solchen Situationen waren meine espritgeladenen, geistreichen Äußerungen unübertrefflich. Zumindest gelang es mir, ein Lächeln aufzusetzen; das war Sophia inzwischen anscheinend abhanden gekommen. Höhöhö...

„Hey, da seid Ihr ja" Siggi (oh meine Siggi, wie bin ich froh, sie zu sehen) und Inga kamen in den Wintergarten, beide anscheinend schon leicht angeschiggert.

„Peter, Siggi und Paula wußten gar nicht, daß ich Deine Schwester bin! Stell Dir das mal vor!" sagte Inga.

„Ja, Paula, Inga ist Peters SCHWESTER" versuchte Siggi mir zu vermitteln. Peter schlürfte genüßlich grinsend an seinem Champus während meine Schamesröte schon wieder meinen Haaransatz anbrennen wollte. Ich nickte beschwichtigend in Siggis Richtung und kippte hektisch den Champus runter.

„Was hast Du denn gedacht?" vernahm ich Sophia. „Daß sie seine Freundin ist?"

Das war der Moment, wo ich mich restlos verschluckte und absolut undamenhaft mit einem lauten Pruster den Champus auf mein Designerkleidchen spuckte. Sophia guckte pikiert, Inga und Siggi (pfui, Siggi, Verräterin) amüsierten sich schier königlich und Peter klopfte mir hilfsbereit auf den Rücken, während ich fahrig und hustend in meinem Handtäschchen nach ´nem Taschentuch kramte um mir damit mein triefendes Kinn und den ruinierten Rock abzuwischen. Ich merkte ziemlich schnell – aber nicht schnell genug, denn alle anderen hatten es auch schon gemerkt –, daß ich kein Taschentuch, sondern meine Notfallstrümpfe – man weiss nie, vielleicht wird's noch kalt – zutage gefördert hatte und mir damit auf dem Rock rumwischte (nicht besonders saugstark die Dinger). Siggi und Inga lagen fast auf dem Boden vor Lachen, Peter grinste und hielt mir ganz Gentlemanlike ein Taschentuch hin und Sophia stierte mich entgeistert an. Mit aller mir verbleibenden Würde stand ich auf, brabbelte was von „Nase pudern" und machte mich eiligst von dannen. Siggi und Inga folgten mir untertänigst und immer noch blöd vor sich hingackernd. Ich hatte zwar keine Ahnung, ob ich die richtige Richtung eingeschlagen hatte, aber irgendwas am heutigen Tage mußte doch klappen, oder?

Wir hatten endlich den Wintergarten verlassen und ich schloß erleichtert die Tür hinter den gackernden Weibern und lehnte mich sogleich erschöpft und schwer atmend dagegen. Inga und Siggi guckten mich kurz mitfühlend an, dann prusteten sie sogleich wieder los, diesmal mußte ich allerdings schon mitlachen und eine kleine – wie auch immer geartete Träne – kullerte mir über die Wangen. Inga zauberte hinter ihrem Rücken eine halbvolle Flasche Champus hervor (wie kann man hinter so einem schmalen Rücken eine so große Flasche verstecken?) und wir tranken erstmal in inniger Dreisamkeit – ganz unpassend zu unserer „Dame-von-Welt-Aufmachung" – reihum aus der Flasche, was uns gleich immens miteinander verbrüderte, äh verschwesterte. Dann machten wir uns gutgelaunt, unsere Flasche unterm Arm geklemmt, auf, um das Haus zu erkunden und die Toilette ausfindig zu machen. Gackernd wie die Schulmädchen wurden wir auch bald fündig und drängten uns alle drei in das kleine Gästebadezimmer (ungefähr so groß wie meine Wohnung) und holten erstmal in Ruhe unsere Schminkutensilien, Kämme, Haaradeln, Parfum, Deo, Nagellack, Nähzeug und was man sonst noch so braucht aus unseren Taschen. Herrlich, es gibt keinen besseren Ort und keine bessere Zeit, als eine Party zu fortgeschrittener Stunde, mit einer Flasche Champus auf 'ner Toilette beim Schminken, um Freundschaften zu knüpfen. Und da Siggi die Inga anscheinend mochte und sie ja auch nicht Peters Freundin sondern seine Schwester war, mochte ich sie natürlich auch gleich. Wie die beiden mir redselig erzählten, hatten sie nach meinem Verschwinden (von wegen, die beiden hatten sich abgesetzt) erstmal das ganze Gartenarreal besichtigt und sich hilfsbereit den Bediensteten gegenüber gezeigt. „Ja Paula, weißt Du eigentlich wie schwer so ein Tablette mit 12 Champusgläsern ist???" Die Beiden konnten die Jungs nicht so schwer schleppen sehen, deswegen haben sie jedem vorbeieilenden ein Glas abgenommen. Ich beteuerte, wie toll ich das fand und wollte auch gleich, nachdem wir wieder draußen waren, bei dieser Hilfsaktion mitmachten. Ich erzählte kurz von Toms Tanzattacke, was Inga gar nicht zu gefallen schien.

„Den magst Du aber nicht, oder?"

„Neeeeee, die Paula mag ganz jemand anderen, nicht wahr, Paula?" Siggi nickte mir aufmuntern zu während ich mir die Lippen nachzog.

„Jaa.... also...... schon...."

„Also ich kenn auf alle Fälle jemanden, der Dich sehr gerne mag!" sagte meine neue Freundin Inga.

„Ja?" Gebannt hing ich an ihren Lippen.

„Ja!"

Überglücklich trat ich eine halbe Stunde später – wieder total hergerichtet – mit den Mädels in den Garten hinaus. Es war inzwischen dunkel geworden, die Menschen tanzten ausgelassen zur Musik von Frank Sinatra, Sammy Davis, jr. und Co., das ganze in ein herrliches Orange der tanzenden Flammen der Fackeln geworfen, überall blinkte und glitzerte es von herrlichen Kleidern, Schmuck oder bloß den Champagnergläsern. Es war eine traumhafte Idylle. Wie auf Kommando schnappten wir dem vorbeieilendem Kellner jede ein Glas vom Tablett und machten uns munter auf die Suche nach meinem Traummann. Ich war noch gar nicht dazu gekommen, das ganze Arreal zu erkundschaften und so machten die Mädels eine schnelle Führung mit mir. Der absolute Kracher war der gigantische Pool, den man vom Terassenbereich gar nicht richtig sehen konnte. Er lag ziemlich am Ende des riesigen Grundstücks und war über und über mit Schwimmkerzen gefüllt. Wäre nicht Sophia die Gastgeberin, so wäre ich ihr spätestens in diesem Moment um den Hals gefallen und hätte sie für einen Beitrag im Romantikspecial für „Schöner Wohnen" vorgeschlagen. Bei Sophia lag die Sache allerdings anders und wir waren uns einig, von ihrer Party im Zusammenhang mit „Ja, war ganz nett" zu sprechen.

Unten am Pool trieben sich nur einige verliebte Pärchen rum, ansonsten war es eher menschenleer, so daß sich zu unserem Bedauern auch die Kellner hier unten nicht zeigten und Siggi und Inga eilten flugs los um für Nachschub zu sorgen, während ich mich auf eine antike weiße Bank nahe des Pools niederließ und diese für uns besetzte. Ich war gerade völlig in Gedanken versunken, als sich plötzlich jemand neben mich setze und mir den Arm um die Schultern legte. Da ich irgendwie davon ausgegangen war, daß es Peter wäre, konnte ich einen kleinen Kreischer nicht unterdrücken, als ich Toms leicht betrunkenes Gesicht ca. 10 Millimeter von meinem entfernt erkannte.
„Scchhhhh....... Paula... was kreischt Du denn so? Ich bins doch blossss. Hast doch sicher hier auf mich gewartet!" Er versuchte, mir einen Kuß aufzudrücken. Schnell drehte ich mein Gesicht von ihm weg, so daß er bloß mein Ohr zu fassen kriegte. Ich war mir allerdings nicht ganz sicher, ob ihm das aufgefallen war und mich befiel die Panik, daß er meinen Perlenohrring verschlucken könnte. Die Dinger waren nicht billig! Ich knallte ihm also mein Handtäschchen auf den Kopf und bohrte gleichzeitig meinen Pumps auf seinen Fuß, so daß sein Griff kurz locker wurde und ich mich befreien konnte. Schnell machte ich mich vom Acker, bzw. von der Bank, doch er kam hinter mir her und riß mich am Arm zu sich herum.

„Ey Babe, das machste nich mit mir!" (Er nuschelte schon leicht und eine böse Alkoholfahne schlug mir ins Gesicht). „Weiste eigentlich, wieviele Weiber scharf auf mich sind?" Bei diesen aussagekräftigen Worten zog er mich an den Oberarmen gepackt leicht nach oben und schüttelte mich hin und her, daß ich wirklich Angst um meine Frisur bekam. „Ach was, bist den Aufwand doch gar nich wert" nuschelte er und schubste mich wieder von sich weg.

„Aber Du bist das hier wert!"

Ich hatte Peter bzw. seine Faust gar nicht kommen sehen, aber sie traf Tom frontal am Kinn, so daß dieser mit einem lauten Platschen im Pool landete und eine derartige Wasserfontäne verursachte, daß fast alle Schwimmkerzen gelöscht wurden. Eine Schande!

Toms dämlich überraschtes Gesicht war noch nicht ganz wieder an die Wasseroberfläche gekommen, da hatten sich schon Unmengen von Schaulustigen um den Pool versammelt. Siggi und Inga kamen mit 'nem ganzen Tablett Gläser angehechtet (mit Caro und Stella im Schlepptau – wo bitte waren die den ganzen Abend?) und guckten immer wieder hektisch von mir zu Peter (der schützend den Arm um mich gelegt hatte und wütend in den Pool starrte), zum verdatterten Tom, zur ärgerlich herbeieilenden Sophia und wieder zurück. Einer der Tablett-Träger kam mit einem Fischernetz (oder war es ein großer Apfeflücker?) herbeigeeilt und versuchte, Tom aus dem Wasser zu fischen – und auf meinem Gesicht machte sich so langsam aber sicher ein immer größer werdendes Grinsen breit. Ich nahm den inzwischen bei uns angekommenen Mädels ein Glas vom Tablett, prostete ihnen und dem mich inzwischen – ja, ist es „verliebt"? – anguckenden Peter zu und nahm genüßlich einen großen Schluck während ich zuguckte, wie man unter verhaltenem Gelächter den patschnassen Tom aus dem Wasser holte.

Das Klingeln an der Tür weckte mich. SCHRILLLLL!!! Herrje, was ist das, wo bin ich, wer bin ich.......... so langsam kam die Erinnerung wieder... die Party, Peter, Inga seine Schwester, Tom im Pool...... ich riß die Augen auf und sah neben mich ins Bett. Da war nichts, niemand, kein Peter. Ja aber, er war doch mitgekommen, wir hatten einen tollen Abend, eine herrliche Aussprache und eine wunderschöne Nacht verbracht, oder sollte etwa alles nur ein Traum gewesen sein? SCHRILLLLLLL! Energische wurde die Klingel gedrückt. Ich riß das Kopfkissen und sämtliche Decken über mich aber es half alles nichts, das energische Klingeln nahm kein Ende! Wer konnte da nur so grausam sein? Ich schlüpfte in meine wollenen Hasenkopfpuschen, warf mir den rosanen Frottemantel über und konnte einen Aufschrei nicht verhindern, als ich kurzfristig einen Blick auf mein Spiegelbild erhaschte! Die Wimperntusche hing mir in den Mundwinkeln und die Haare standen zu Berge, ca. 15 Haarnadeln hatte ich anscheinend übersehen, denn sie hingen mir immer noch in den Haaren und ...... SCHRILLLLLLLLLL. Die weitere Betrachtung mußte aufgeschoben werden, ich befürchtete, daß meine Klingel gleich explodierte, wäre vielleicht das beste, dann würde das ganze Haus einstürzen und mich mit meinem Elend darunter begraben und Peter wäre schrecklich traurig und überhaupt. Was ist nur passiert und wieso ist er nicht da, und überhaupt, war alles nur ein Traum oder... SCHRILLLLLLLL.... jajajajaja, genervt riß ich die Tür auf. Dejavú. Da stand er. Wie damals – wie mir schien vor so unendlich langer Zeit - in Bluejeans und T-Shirt, die Haare leicht zerwuselt, die Brötchentüte unter dem Arm geklemmt und hielt mir eine langstielige Rose entgegen!

Herstellung und Verlag:
Books on Demand GmbH, Norderstedt
ISBN 978-3-8370-3797-5